三色猫探案
人的岔路口

〔日〕**赤川次郎** 著

潘璐 译

人民文学出版社
PEOPLE'S LITERATURE PUBLISHING HOUSE

著作权合同登记号　图字01-2022-0886

图书在版编目(CIP)数据

人的岔路口/(日)赤川次郎著；潘璐译.
—北京：人民文学出版社，2023
(三色猫探案)
ISBN 978-7-02-018126-1

I.①人…　II.①赤…　②潘…　III.①长篇小说—
日本—现代　IV.①I313.45

中国版本图书馆CIP数据核字(2023)第133413号

责任编辑　卜艳冰　陶媛媛
装帧设计　钱　珺

出版发行　人民文学出版社
社　　址　北京市朝内大街166号
邮政编码　100705

印　　制　山东临沂新华印刷物流集团有限责任公司
经　　销　全国新华书店等

字　　数　107千字
开　　本　787毫米×1092毫米　1/32
印　　张　6.5
版　　次　2023年8月北京第1版
印　　次　2023年8月第1次印刷

书　　号　978-7-02-018126-1
定　　价　39.00元

如有印装质量问题，请与本社图书销售中心调换。电话：010-65233595

目 录

三色猫探案：一个温情的故事世界

自三色猫福尔摩斯首次与读者见面，迄今已经有三十六个年头了。三十六年，差不多是普通猫咪寿命的两倍。

把小猫设定为侦探，这一想法的诞生纯属偶然。拿到"全读物推理小说新人奖"的第二年，出版社向我约稿写一部长篇推理小说。我绞尽脑汁苦苦思索如何塑造新奇有趣的主人公，因为在"喜剧推理"的大框架中，侦探的形象写来写去好像只有那几种。

就在这时，家里养了十五年的三色猫走到了生命尽头。这只小猫早已成为家里不可或缺的一员，而且，这十几年是我家生活最为艰辛的一段时期，正是这只三色猫为我们带来了无限欢乐。

等我正式出道，家里的生活终于有所改善之时，三色猫就像完成了自己的任务一样，永远地离开了我们。为了报答小猫多年以来的陪伴，我决定让它在我的作品中复活。于是，在《推理》一书中，与我家小猫形态、毛色如出一辙的"猫侦探"从此登场。

不过，那时我并未打算写成系列。没想到此书一经出版好评如潮，结果我又写出了第二部、第三部……年复一年，不知不觉间，这个系列已迎来了第五十部作品。原本是我希望通过写小说向我家三色猫报恩，结果它又以几十倍的恩情回馈了我。

三色猫福尔摩斯、片山兄妹、石津刑警，这些角色不仅仅是我创作的角色，多年来，广大读者已把他们当作家人一般亲近与喜爱。因此，我会一直把这个系列写下去。

中国出版界很早之前就引进了这套作品中的若干部，不知道猫这种生物，在日本人和中国人心目中的形象是不是有很多共通之处呢？

无论如何，这个系列被翻译成中文并被广泛阅读，这对于作者来说，实在是无上的荣幸。

曾经有一名小学生读者看了"三色猫探案"系列后对我说："原来坏人也是有故事的啊。"在我的书里，猫侦探也好，片山刑警也好，他们都不是对罪犯一味穷追猛打的那种主人公。有些人是因生活所迫，不得已而犯下罪行的。对于他们，我书中的侦探们在彻查真相的同时，总是怀有同情心。

也许现实世界比小说残酷许多，但我衷心期待大家在阅读"三色猫探案"系列时能够暂时忘却现实，在这个充满温暖和人情味的世界中获得治愈和救赎。

猫侦探也是这样希望……的吧。

赤川次郎

二〇一四年四月

序　幕

漫长、凝重的沉默过后，晴美稍微挺直脊背，用略显强硬的语气说：“就是这样，你放过绘美吧。无论你再做什么，都只会让绘美越来越远地躲开你。明白吗？”

她并不期待得到对方的回应。差不多的话，晴美已经翻来覆去讲了三十多分钟。

“也许你会难过一时，但随着时间流逝，你会渐渐忘却痛苦。人都是这样的，”晴美又温言劝慰，“有一天，当你想起这段回忆，甚至会充满怀念。所以，请你现在干脆地结束吧。”

在这家即将打烊的咖啡厅里，除了晴美这一桌，只有一对情侣还在店里。

坐在片山晴美旁边的是她朋友永山绘美，坐在她对面的男人是久保崎睦。三人面前的咖啡几乎一口未动，已经冷透了。大家都没有心情。

“久保崎，”永山绘美说，“求你了，请你体谅我。”

“希望你以后不要再和绘美联系了，”晴美说，“绘美会换掉手机号和邮箱。你知道了吧？"

半年多来一直对绘美纠缠不休的久保崎睦似乎对晴美的话充耳不闻。他的表情丝毫未变，如睁着眼睡着了。

这个男人完全不像是令人毛骨悚然的跟踪狂，反倒像是西装革履的普通公司白领。事实上，今年二十四岁的久保崎睦的确在一家中型企业工作，公司虽算不上行业顶尖，但也相当有名了。

也许是忍受不了漫长的沉默，永山绘美又要开口，但晴美用眼神制止了她。

如果沉不住气而示弱，就会正中对方下怀。我方已经丢出球，现在轮到对方把球扔回来。

晴美紧盯着对面的久保崎。对方的眼神却望向虚空，心思似早已飞到另一个星球。

不管是几分钟还是几十分钟，都要坚持下去，决不能动摇，晴美告诉自己。

过了一分钟左右，久保崎出乎意料地开口了："我明白了，我不会再纠缠绘美，"他的声音毫无顿挫，"给你添麻烦了，对不起。"

"久保崎……"绘美刚开口，就被晴美阻止了。

久保崎站起来。

"那我告辞了……保重，"他点头示意，拿起手提包和账单，"我来买单。"

"谢谢。"晴美说。

久保崎在柜台付完钱，回头瞥了晴美她们一眼，离开了。

绘美长舒一口气。

"终于结束了！晴美，太谢谢你了！"她抓住晴美的手腕，"如果是我一个人，肯定没办法和他分手。"

晴美想伸手拿杯子，注意到咖啡已经凉透，于是作罢。

"如果他是真的放弃就好了。"

"什么意思？"绘美吓了一跳，"他不是已经说得很明白了嘛……"

"这就是我所担心的，"晴美说，"我总感觉那是他事先想好的台词。而且最后他走出店门的时候回头朝我们看了一眼。也许是我的心理作用，觉得他嘴角好像挂着一丝冷笑。"

"晴美，你不要吓我！"绘美用力地握住晴美的手腕。

"不好意思，我们马上要打烊了。"服务员走过来说。

"好，我们这就走。"两人起身离开。

"晴美，对不起，"绘美靠近晴美，"还让你送我回家。"

"没办法，谁让我们是好朋友呢？"晴美笑着说，"不过今天真冷啊。"

北风呼啸而来，晴美和绘美都把半张脸埋在围巾里。

虽然久保崎已经答应分手，但当她们吃过拉面准备回家时，绘美还是很害怕。

"万一那个人在回家路上等着我怎么办……"

晴美只好陪她一起回去。

在公寓门口，绘美说："谢谢你，晴美。"

"来都来了，我干脆把你送进屋好了。"

"我正要这么拜托你呢。"

"唉，真拿你没办法。"晴美笑着拍拍绘美的头。

绘美打开门。她一个人住在这里。

"进来吧。屋里好像没问题。"

绘美打开灯。这间公寓陈设非常漂亮，打扫得一尘不染。

"我去一下卫生间。"晴美脱掉鞋。

"那扇门……"绘美突然说。

"怎么了？"

"我一般都会开着那扇门。"

短廊尽头的门现在是关着的。

"那是卧室？"

"嗯。"

"也许是你今天忘了打开。但是多加小心总没错……"

晴美蹑手蹑脚地朝那扇门靠近。

"绘美，这是什么气味？"

"我也不知道，"绘美紧皱眉头，"以前家里没闻到过这种味道。"

晴美握住门把手，悄悄把门拉开，她稍微感到一点儿阻力，好像有什么从内侧牵引着门。

"有人在里面吗？"

绘美从门缝向里面窥看。

这时，晴美注意到内侧的门把手上栓着一根细线，门向外拉开的时候，线就会绷紧。

屋子里很暗，什么都看不清。突然之间，那股向内的阻力消失了。

"绘美，危险！"晴美猛地把绘美推到一边。下一秒，卧室中响起巨大的爆炸声，晴美眼前闪起一片炫目的白光。紧接着，她和那扇门一起飞了出去，跌在走廊里。

灰尘、墙皮纷纷落下。绘美惨叫一声："晴美！"她把门板推开，抱起晴美，"你还好吧？有没有受伤？"

"绘美……"

屋里白烟四起，弥漫着化学品的臭味。

"绘美……"

"对不起！让你遭遇这种事……"

"你在哪里？绘美？"

"我就在这里啊！"

"灯呢？你把灯关了？"

"灯还亮着啊！晴美，你怎么了？"

"我看不见了，"晴美用手胡乱摸索着，"我什么都看不见了。"

1　黑暗

片山义太郎打开病房的门。

"是谁？"屋里的人略显紧张。

"是我。石津也来了。"

"是哥哥啊。你那么忙，还来看我……"晴美躺在床上，受伤的左手包着绷带，头上也裹着宽幅绷带，遮住了双眼。

"晴美小姐，你一定要振作起来，"石津冲到病床边，"如果可以，我真想代替你受伤住院。"

"石津先生，谢谢你，"晴美微笑道，"只有你和哥哥两个人来了？"

"不，还有……"

"喵——"

"福尔摩斯，你也来了！"

晴美的手微微一动，福尔摩斯就飞快跑过来，敏捷地跳上床。晴美立刻抱住它，好一通爱抚。

"福尔摩斯，你的毛摸起来好舒服！你来看我，我太高兴了！"晴美的声音提高了一个八度。

"我和医生谈过了，"片山说，"他说你的视觉神经没有受到任何损伤，暂时失明是眼睛突然暴露在强光下导致的，只能靠休息恢复。"

"嗯。"晴美点点头。

"久保崎睦昨晚失去了踪迹，当然今天也没有去上班，谁都不知道他的下落。"

"这个混蛋！"石津的声音因为愤怒而震颤，"竟然让晴美小姐受伤！我一定要亲手逮捕他！"

"石津先生，谢谢你。但是，你一定要小心，我不希望你也受伤。"

"久保崎的自制炸弹质量很差。如果是真正的炸弹，这个分量的火药足以炸飞整个公寓。"

"唉，那个人的精神肯定有问题。和他谈话的时候，我本该有所察觉。"

"如果炸弹按照他的计划爆炸，你就没命了。真是不幸中的万幸。"

"比起我，你应该更担心绘美。绘美才是他的目标。你要保护好绘美，"晴美转向哥哥的方向，"哥哥，拜托你了。那个男人执念很深，什么事都做得出来。"

"我知道。你不用担心，"片山握住晴美的手，"久保崎说不定还会露面，我安排了刑警专门保护永山绘美。"

"谢谢。"

"她本想来看你，但是久保崎仍逍遥法外，她随意活动会很危险。她说会给你打电话。"

"打电话……对了，手机呢？"

"你的手机在这里。"片山把手机递给她。

晴美在手机上来回摸索。

"明明每天都在使用，可是现在眼睛看不见了，连正反面都很难分清。失明可真是太惨了。"

"总之，你就安心休息吧。除此之外也没有其他办法。我们会再来看你的。"

"嗯，我没事，哥哥你放心吧，"晴美微笑道，"石津先生，你也不要担心我。"

"晴美小姐……"

"请赶快找到久保崎。"

"交给我吧！等我抓到他，就把他带来向你赔罪。"

"加油！"晴美笑了。

"喵——"

"对了，福尔摩斯会留下陪你，医院方面已经批准了。"

"没关系，让福尔摩斯一天到晚待在病房里也很可怜啊。下次你再带它来看我就行了，这样我也能好好休息。"

"那也好。我会在外面的走廊安排警员保护你的。"

"喵——"福尔摩斯发出不满的叫声。

"它在说：'既然在病房外安排了保镖，那我也要留下。'"

"是啊，"片山苦笑，"我让它待在这一层的护士站吧。"

"好吧，"晴美叹了口气，"这样我就可以把平时没睡够的觉都补回来了。"

桌子上的手机响起来。

"喂，妈妈？"

"阿睦，你现在在哪里？"久保崎洋子问。

"警察找过你了？"

"是啊。"

"我什么都没干！真的！"

"我知道，"洋子说，"你绝不会伤害别人。"

"是对方陷害我。"

"所以我不是早说了嘛，让你和那个女人划清界限。"

"不止永山绘美一个女人。"

"你说什么？"

"她有一个邪恶的朋友，总在她耳边煽风点火，说我的坏话。"

"这个女人太可恶了！她叫什么名字？"

"她叫片山晴美。"

"片山晴美……好，我知道了。"洋子在便签上记下来。

"这个女人实在可恨！"

"她们两个都可恨！"洋子说，"你放心，妈妈会代替老天惩罚她们的。"

"妈妈，你是相信我的，对吧？"

"那还用说？即使全世界都与你为敌，妈妈也会站在你这边的。"

"谢谢，"久保崎睦热泪盈眶，"妈妈，我爱你。"

"阿睦，我很想去帮你，但肯定有刑警在监视我。"

"嗯，我理解。"

"但是……"洋子沉吟片刻，"甩掉盯梢的应该也不是很难。阿睦，我们可以找个方便的地方会合。"

"但是，这样一来你也成了警方抓捕的对象。我一个人没问题的，我不想牵连你。"

"不用担心我。你自己才要多加小心，"洋子说，"你还有钱吧？你听我说……"

这是一座普普通通的两层住宅，已经有二十年房龄了。

外表虽已不复光鲜，但是打理得干净整洁。

房屋不算很大，有个小小的庭院，四五口人居住绰绰有余。但如今住在这里的只有久保崎洋子一个人，家里显得死气沉沉。

久保崎洋子现年五十三岁，久保崎睦是她唯一的家人。

"我去他家附近问过话了，"石津看着笔记本说，"久保崎洋子几乎不和邻居来往，似乎也没有关系密切的朋友。"

片山点点头："看她的样子就不像爱好交际的人。她家其他人呢？"

在这个晴朗的冬日，北风凛冽，明亮的阳光照进他们所在的咖啡厅里。

"据说她家以前有四口人。"

"四口人？"

"她丈夫久保崎悟是在保险公司工作的普通上班族，四五年前突然失踪了。"

"失踪了？"

"我问过他以前工作的保险公司，对方只回复：'这个人现在不在这里了。'"

"其中肯定有什么隐情。"

"还有一个是她家的长女，久保崎遥，今年三十岁。原本是公司白领，但是在她父亲失踪后不久也不知去向了……"

"她现在在哪里？"

"我正在调查。"

"所以，现在就剩下母亲和儿子两个人了。"片山回忆起与洋子见面时对方冰冷抗拒的眼神。

"她看上去比实际年龄要老。总之，她坚决否认我们对她儿子的指控。我们必须监视她的行动。"

片山一边喝着咖啡，一边眯起眼睛看着室外的景色。"阳光真好，可惜晴美看不见……"他喃喃自语。

这时，手机铃响了。

"喂？这样啊，跟着她，注意别跟丢了，"片山站起来，"洋子离开家了，说不定是去见儿子。"

"我们走吧。"

"走。"片山拿起账单。

"感觉怎么样？"护士问。

"无聊，"下河勇介说，"我说，不能找个女人来吗？"

"我就是女人。"微胖的护士抓住下河的手腕，测量脉搏，"好了，来测一下体温吧。"

"要身材没身材，要长相没长相，你算什么女人！给老子找个真正的女人来！"

"说这种话会被投诉性骚扰哦。"护士一边做记录，一边说，"请好好休息吧。"说完，离开了休息室。

"混蛋！"坐在轮椅上的下河勇介口出恶言，但是没人理睬他。

休息室里有杂志和电视，但这毕竟是医院，不可能有《花花公子》那种类型的杂志。他想看电视，但是电视正被几个女患者霸占着，他没法换台。

若是平常，下河大吼一声"滚一边去"，也许就能把她们吓得屁滚尿流。其实他刚才也试了一下，但是七八个女人立刻一起站起来把他围在中间。

"小子，你再说一遍！"

"一个大男人叽叽歪歪的！"

"就看这个节目，你有意见吗？"

下河不得不咽下这口气。

他是因为双腿骨折才坐上轮椅的，不过现在他操纵轮椅基本已经很熟练了。以前住院治疗，最多只在医院待一两天，像这样一连待上好几个月还是头一次。

话说回来，以前所谓的住院，入住的不是真正的医院。

下河勇介在劳改所服刑三年，刚刚期满出狱。然而，他出狱当天就被车撞了，因为他忘了走路要看车。不过还是司机负有主要责任，支付了下河的住院费。

双腿骨折自然有很多不便，但是刚刚出狱的下河无家可归，在医院至少有饭吃、有床睡。

而且身边还有女护士照看自己。下河刚才抱怨无聊，纯粹是鸡蛋里挑骨头。医院的生活与监狱比起来已经是天堂了。洗澡有人帮忙，也不会像在监狱里那样规定十五分钟之内必须洗完。

监狱那种鬼地方，进一次就够了！

下河作为杀人共犯被逮捕。法官最后判定他只是负责开车的小喽啰，对杀人案毫不知情，因此只判他入狱三年。然而这三年过得堪比三十年……

"都怪片山那个混蛋……"那个溜肩的刑警，下河一辈子都不会原谅他。

就在这时，那边有人说："片山小姐，休息室到了。

下河刚刚还在想片山刑警，突然听到"片山"二字，着实把他吓了一跳。一定只是巧合，他想。

"听声音，感觉这个房间很大啊。"

"是啊，这里是沙发，还有大屏幕电视和杂志……"

"可惜电视和杂志我都用不上，"患者笑着说，"但是，没关系，我可以一个人在屋里探险。"

"但是……"

"别担心。你可以过一会儿再来，不用一直陪着我。"

"好。"护士点点头，"这里有几个患者，如果有什么需要，可以喊他们帮忙。"

"好。"

这个眼睛蒙着绷带的女生拿着手杖，小心翼翼地试探着，一步步走过来。

下河有些疑惑，这个声音好像有点儿耳熟。

她的眼睛看不见吗？那可太惨了。不过，她倒是很开朗的样子。她迈着小小的步子，走到下河近前，手杖的一端戳到了轮椅的轮子。

"啊，对不起。"

"没……没关系，"下河说，"是我挡道了。"

"手杖好像碰到了某种……金属？是轮椅吗？"

下河一惊。

"你看不见吧？亏你能猜出来。"

"听手杖撞击的声音像是碰到了金属。听你的声音，像是从坐着的位置发出的。"

"原来如此，"下河深感佩服，"我现在就移开。"

"没关系，我可以去另一个方向。请问，左边和右边，哪边更宽敞？"

"往右走是沙发和墙壁，左边虽然更宽敞，但是有几个很吵的女人在看电视，我劝你最好还是不要从她们和电视之间穿过去。"

女生笑了："你真是热心人。那我就朝右走吧。"于是，她用手杖试探着，向右边走去。

下河被她的勇气感动了。如果让他闭上眼睛在一个陌生场所走动，恐怕他会吓得动都不敢动。

那个女生用手杖灵巧地触碰到沙发。

"如果有人坐在上面，请告诉我。"

"没人坐在那里。"下河说，他移动轮椅向沙发靠近。

"谢谢。"女生慢慢在沙发上坐下。

"你前面有一张茶几，不要碰到膝盖。"下河说。

"我知道，谢谢你提醒。"

"你的直觉很灵敏嘛。"

"是吗？不过，房间有多大，我就猜不出来了。"

"你的眼睛……"

"这是我失明第三天了。之前受到了强光的刺激。不过医生说不久视力就会恢复的。"

"这样啊，那太好了。我还要很长时间才能完全恢复。"

"你是腿受伤了吗？"

"双腿骨折，只能坐轮椅。"

"唉，一定很疼吧？"

"出事的时候我昏过去了，什么都不知道。被送到医院之后，治疗的时候可把我疼死了。"

"骨折恢复期也很难受呢。"

"我已经坐了三个月轮椅了。肌肉也萎缩了不少，以后还要花很长时间练习走路。"

从那边的电视里传来热闹的声音。

"她们在看落语。"

"落语啊……对呀，我没法看书，但是可以听落语。下次我就让哥哥给我带几盘落语磁带来，"女生说，"我叫片山晴美，很高兴认识你。"

"我叫下河……原。"下河下意识地没有说出本名。

2 巡逻

"差不多到时间了吧？"国原抬头看着墙上的挂钟。

"还早呢，"女儿郁子笑着说，"从刚才起你就问过好几遍了，还没过去五分钟呢。"

"迟到就不好了。今天我是负责人，"国原为自己辩解，"好歹也是领导，应该第一个到。"

"那就去吧。不过要穿暖和一点儿。"

"知道了……"

国原站起来，戴上围巾和手套。膝盖的疼痛竟然奇迹般地消失了。

"那我走了。"

"要小心啊，"郁子来到玄关，"工作要加油！"

"放心吧。"

目送干劲十足的父亲出门，郁子摇了摇头。

"不过，只要能恢复精神，就是好事……"

阿部郁子和丈夫阿部君治在这个小区已经住了七年。他们的女儿麻美今年四岁，就读于小区幼儿园。

退休的父亲国原修吉和他们同住原本不在计划之中。

父亲刚退休没多久,年仅五十多岁的母亲突然去世了。不要说做饭洗衣这些事,连取报纸都做不来的修吉一下子变得束手无策。

过去,修吉什么都不用操心,每天下班回家,饭菜已经准备好了。吃完饭,马上可以舒舒服服地泡澡。泡完澡,要换的衣服已经叠好放在旁边了。

习惯了这种生活的修吉从妻子的葬礼回家后,呆呆地坐在那里,为将来的生活发愁。那天,回到娘家的郁子只好承担起原本属于母亲的职责。

但是,几天过去了,修吉还是什么都不做。郁子忍无可忍,她明明白白地对父亲说:"妈妈已经不在了,您也应该多少学着打理自己的生活。我的家很小,没法接您和我们一起住。"

修吉听到了,也点点头。

"嗯,是啊,你说的有道理。"

然而当郁子周日再次回到娘家时,还是发现外卖的饭盒堆得到处都是,脏衣服堆积如山,地板也完全没有打扫过。郁子郁闷极了。她和丈夫阿部君治商量对策,丈夫说:"只有两个办法,一是我们去岳父那里住,二是让岳父来我们家住。"

如果举家搬到娘家，就不得不把麻美转到新的幼儿园，而麻美刚刚适应了现在的幼儿园。所以其实只剩一个办法。

郁子和丈夫在自家有限的空间里用柜子和帘子为父亲布置了安身之地。当然这只是权宜之计。麻美上小学后，早晚会要求拥有自己的房间。不过郁子现在考虑不了这么多，只能走一步算一步。

父亲搬来后，郁子看着日渐衰老的父亲，担心不已。他们没钱送父亲去养老院，父亲的退休金也不足以请护工帮忙。

父亲几乎从早到晚坐在电视前。

"去散散步怎么样？"郁子提议。

"嗯，好啊……"父亲嘴上应承，身体却一动不动。

这种情况连麻美都看不下去了。郁子虽然心急如焚，可她每天忙得焦头烂额，实在没有多余的精力。

然后，就在上周，事情终于有了转机。

一天晚上，小区的自治会长突然来到郁子家。

"请问，令尊现在是不是住在这里？"

郁子吓了一跳。

"我父亲不会惹什么麻烦了吧？"

会长笑着说："没有没有。我只是有事想拜托令尊。"

原来小区近期发生了多起针对儿童的伤害事件以及多起

2 巡逻 | 25

白天入室盗窃案。为了预防案件再次发生，小区决定成立一支志愿者巡逻队。

会长对国原说："听说您曾是刑警，巡逻队非常需要专业人士的加入，所以我想拜托您担任巡逻队的队长。"

听了会长的讲述，国原修吉的眼中渐渐焕发出神采。他点点头："承蒙您的信任。我一定会尽职尽责，干好这份工作。"他仿佛恢复了过去的精气神儿。

第二天，修吉在小区转了一整天，把小区的地形牢牢记在脑子里。晚上，他一边看小区地图，一边用红笔做了无数标识，整张图都快变成红色的了。

"这样不行！这样的话，有变态进来也没人能看见。"他一个人嘟嘟囔囔，反复推敲各种巡逻路线。

阿部看到这样的国原，深感佩服。

"太厉害了。被人需要真是最强大的动力。"

修吉设计出好几条巡逻路线。考虑到小区的各种危险地带以及罪案高发时段，他决定分两组巡逻。

当然，巡逻队的成员大多是和修吉一样退休在家闲来无事的老人。

据说其他小区经常为了谁当队长而发生争执，但由于修吉是专业人士，地位无可质疑，没人对他的意见提出异议。

今天是修吉亲自巡逻的日子。

我是不是来得太早了……

国原修吉来到位于会馆前的集合场所，寒风吹来，冻得他缩起脖子。

其实，也可以在会馆里面等，但那里正在举办和服教学课，一个男人大摇大摆地走进一群身穿长襦袢的女性中间总归不太好。

还有十五分钟，修吉走进最近的一座楼，想在电梯厅待一会儿，至少可以避避寒风。不过对于现在的修吉来说，寒风又算得了什么？

我在凭借刑警的经验和直觉保护这个小区的安全！

他坚信自己能够做好这份工作。在这方面，他有不输给任何人的自信。在女儿家寄居的自卑感已一扫而空。

这时，电梯下到一楼，电梯门打开，一个身穿粗呢西装和风衣的中年男人走了出来。他看了修吉一眼，好像有些惊异，便快步离开了。

已是下午，这么晚了才去上班？

不过修吉也知道，如今东京有很多人并不遵循朝九晚五的时刻表。有些人半夜还在街上活动，不能因此认为人家可疑。

"不对。"修吉自言自语道。刚才那个男人好像在哪里见过。虽然他看上去只是个平凡无奇的普通人,但是……

修吉一旦开始起疑,就无法轻易释怀。

他是这里的住户吗?

打开手头的资料,把住户资料快速浏览了一遍。好像没有哪个人给他留下特别的印象。但是,为什么那个男人会有点儿眼熟?

修吉走到楼外,四下寻找那个人。他大概去汽车站了?于是,修吉急忙朝车站赶去。不凑巧的是,刚到车站就看见一辆车开走了。

"混蛋……"修吉更加耿耿于怀。他拿出笔记本开始记录心中的疑问:那个男人住在几号房间?他在哪里工作?有没有前科?这时,他完全进入了过去的工作状态。

"啊,不好!"巡逻要迟到了!

修吉急忙朝集合地跑去。

电车站台很快就拥挤起来。

此时已近黄昏,气温骤降。片山和石津站在离久保崎洋子有一段距离的地方。跟踪她的刑警和她在同一个候车口排队。一般公司还未到下班时间,所以不太容易跟丢目标。

"二号站台开往N站的特快电车即将进站。"广播响起。

久保崎洋子稍微后退了两步。

"她好像不打算坐这趟车。"石津说。

"嗯,那就是打算坐普通快车或者每站都停的慢车吧。"

特快电车进站停下,上下车的旅客都不是很多。

洋子看看手表。她应该是在等普通快车。

铃声响起,电车长鸣笛,说时迟,那时快,久保崎洋子飞身穿过正在关闭的车门,进入车厢。

"喂!"跟踪的刑警完全没反应过来。片山也想上车,但是眼看已经赶不上了。这时,石津眼疾手快,使出全身力气硬生生地把就要关闭的车门掰开了。片山跳上车,下一秒,门关上了。石津留在站台上。

片山给石津比画手势,告诉他用电话联系。

电车发动了。片山很快锁定了躲在邻近车厢的久保崎洋子。对方已经知道有人跟踪,绝对不能大意。洋子千方百计想甩掉警方,肯定是为了与儿子会合。

片山有信心不被对方发觉。但他只有一个人,如果洋子在某站下车,接下来的行程,他能不能保证不会跟丢目标?

从洋子的侧脸可以看到一丝微笑,她仿佛为自己成功脱逃感到十分满意。

片山本想移至洋子所在的车厢，又担心会被她发现，还是决定留在相邻的车厢里监视。为了不让洋子离开自己的视线，他小心翼翼地朝她靠近一些。

原本负责盯梢的刑警给片山打来电话："对不起！我把人跟丢了。"

"没关系，我在监视她。你们赶紧坐下一趟车追上来。"

"明白。"然而下一趟车并不是快车。

"我下车后再和你联系。"片山说。

要经过五个车站，才会再次停车。

洋子掏出手机拨了个电话。恐怕是打给儿子的。

快到下一个停车站时，洋子站到车门前准备下车了。

片山给石津打电话。

"她要在K站下车。你们能赶到吗？"

"我们正坐警车往那边赶，但速度没法跟电车比啊。"

"知道了，我下车后再和你联系。"片山也移到车门前。

洋子果然在下一个车站下车了。她快步朝检票口走去，片山紧紧跟在后面。

外面天色昏暗，车站周围人潮涌动。

"糟了。"片山喃喃自语。

洋子朝出租车停靠点走去。这个车站位于郊外，还没到下班时间，没多少打车回家的客人，所以那里只停着一辆车。

洋子上了车。片山飞奔过去，但因为他与洋子隔着一段距离，等他跑过去的时候，车子已经疾驰而去。片山没有及时看到出租车公司的名字和车牌号。

"混蛋！"片山咒骂道。

那辆出租车在前面的信号灯处停下。片山又开始追赶，红灯要多保持一会儿啊！他在心里默念。然而距离实在太远，他还没跑到一半，信号灯就变绿了，出租车又向前开去。

"完蛋了。"片山停下脚步，喘着粗气。就在这时，一辆车停在他身边。

"出什么事了？"一个女人说，"你跑这么快干吗？"

片山回过头，那个从车窗探出头和他说话的女人突然用手捂住嘴。

"啊，不好意思！我认错人了！你的身材和我老公很像。"

她很年轻，也许是来车站接丈夫下班的。

"对不起！"片山掏出警徽，"我是警察！你能帮我追上那辆出租车吗？"

"啊？"那个女人双目圆睁，"是……前面那辆车？"

"我在跟踪疑犯，但跟丢了。"

"好吧，上车吧。"

"谢谢！"片山钻进副驾驶座。

幸运的是，这是一条笔直的马路，其他车辆不多，跟上那辆出租车不太难。

开了一段之后，片山说："保持这个距离。"

"好。"那个女人稍微减速，"请问，是什么案件呀？"

"怎么说呢，是……杀人未遂案。"

"杀人？天啊！"她睁大双眼，"我一直很想试一把公路追车呢！"

"不，不用，这么跟着就行了……"

她大概二十七八岁，胖乎乎的娃娃脸，几乎没有化妆，说是大学生也有人信。她身材娇小，性格活泼，有点儿像晴美。

又往前开了一会儿，车站附近热闹的景象消失了，道路两旁林立着高层公寓楼。

"真是的，"那个女人说，"出租车朝我家方向开去了。"

"你家就在前面？"

"对，前面有个住宅区，我家就在里面。"

出租车完全没有停车的意思。

"对不起，给你添麻烦了，"片山有点儿后悔，"对了，我是警视厅搜查一课的片山。"

"我叫刘屋忍。"

32

"前面那个小区叫什么名字？"

"叫西梦之丘小区。这名字是不是听起来怪怪的？"

"不，没有的事。啊，不好意思，我得打个电话，"片山拨通了石津的电话，"久保崎洋子正在前往西梦之丘小区。"

"明白！我们这就抄近道赶过去。"石津干劲十足。

"你追的是个女人？"

"我跟踪的是疑犯的母亲。我认为她可能是来这边与儿子会合的。"

"啊，那辆车拐弯了。"

出租车亮起转弯灯，向右拐去。

"向右转是哪里？"

"现在已经进入小区了。我家就在正前方。"说着，她也拐弯向右驶去。

"对不起，给你添麻烦了，"片山说，"你原本是准备接丈夫回家吧？"

"其实我不知道他具体几点回来。最长的一次，我在车站等了他两个小时。"

"说不定他今天会早回来……"

"如果他到车站没有看见我，肯定会怒气冲冲地给我打电话了。所以没关系，他肯定还没回来。"

"真的很抱歉。如果他生气，我会好好和他解释的。"

"那辆车也许是开往池塘公园。"刘屋忍说。

"池塘公园？"

"那个公园的正式名称长得吓人，谁都记不住。又因为公园里有个很大的池塘，所以小区居民一般都叫它池塘公园。"

"公园啊……那里随时都可以进去吗？"

"是的，那里没有围栏，很适合与别人密会。"

"我知道了。不过，这说明她很了解这个小区。"

"是啊，外人应该连小区里有这个公园都不知道。"

刘屋忍看到出租车向左转向，说："她果然要去那里。"

片山又给石津打了个电话，告诉他"去小区里的公园"。

"只说公园可不行，"刘屋忍插嘴道，"小区里有三个公园，要说是离车站最近的那个公园。"

"谢谢。"片山把她的话转告给石津。

"出租车停在公园门口了。现在怎么办？"

"请继续直行，从出租车旁边开过去，不要管它。"

车从公园门口驶入，久保崎洋子的身影一闪而过，她正往公园走。

"请在前面停车，"片山说，"我在那里下车，你就可以回去了。"

"我觉得不要停车比较好。"

"什么？"

"因为从公园里可以看到这条路上的情况。如果在这里停车，会引起对方怀疑。"

"原来如此。"

"我在那边的住宅楼附近拐弯，然后停车。这样对方就看不到车灯了……"

"拜托了。"

拐上岔路，刘屋忍把车停下。

"给你添麻烦了，"片山说，"请你赶快离开这里。如果发生什么危险，我不想连累你……"

"但是也许你还要继续追踪她？万一你还要用车怎么办？我可以在这里等你。"

"不行。"

"为什么？"

"万一你发生什么意外，都是我的责任。"

"我会说是我自愿的。"

"那也不行。好了，快走吧。"片山下了车。

"真无趣！"刘屋忍噘起嘴，"人家还以为会像电影里一样惊险刺激呢。"

"你如果受伤就不会觉得刺激了，"片山说，"好了，再见。"说完，他向公园跑去。

片山从公园另一侧的入口进去，潜入一片树林中，观察周围的情况。

公园中央有个池塘，建在池上的步道把这个池塘围成了三个池塘的样子。

池塘中间有个小岛，两座桥连接着这个岛与池塘的两侧。久保崎洋子此时正在过桥，她走到小岛上停下来，四下张望。与其说是警惕周围的动静，不如说像是在期盼儿子快点儿到来。

久保崎睦会从哪边来？无论从哪个入口进来，都要能看见才行。片山在树林中移动位置，寻找最佳监视方位。

石津他们能及时赶到吗？如果久保崎睦听到警笛声，就会立刻逃跑吧。不过，片山更担心石津他们能不能找到这个公园。他孤身一人，很难在控制住洋子的同时逮捕她儿子。

不过，他们为什么要选择在这里会合呢？

传来车子的声音，片山回头看去，是一辆卡车驶过。他又把视线转回小岛上，久保崎睦出现了！洋子把手搭在儿子肩膀上，在说着什么，久保崎睦似乎在安慰母亲。洋子把一个袋子递给儿子。

片山犹豫不决，现在行动的话，能确保逮捕久保崎睦吗？他与二人之间相隔几十米，很难在不暴露行踪的前提下靠近他们。也许还不如大吼一声把他们镇住比较好。

片山从两人对话的样子推测出他们即将分别。如果久保崎睦朝自己这边来就好了，但如果他向另一侧走，就很麻烦。

"好吧……"片山下定决心，直起身体。他准备大喊一声"不许动"，然后趁对方愣住的工夫，尽快冲过去将二人制服。除此之外，他没有更好的主意了。

片山正要迈步离开树林的，突然听到背后传来脚步声。不等他回过神来，就猛然被三四个人从后面扑倒在地上。那几个人就势压在他身上，片山差点儿窒息。

"抓住他了！"

"混蛋！"

那几个人在片山头上噼里啪啦一顿乱打，片山很疼，却发不出声音。

"臭小子，你跑不了了！"伴随着这个声音，又有一个人跳到片山后背上。片山觉得自己马上就要见阎王了……

3 邂逅

"片山先生！"石津赶来了，"我已经在车站和主要道路都配备了人手。"

"哦……不过我觉得用处可能不大，"片山疼得龇牙咧嘴，"保险起见，也搜查一下这个小区。"

"我已经布置下去了……片山先生，你没事吧？"

"反正……死不了。"片山浑身上下到处是伤。

离小区最近的派出所里。

"片山先生，"一个巡警走过来，"我们已经联系了附近的外科医院，你很快就会得到治疗。"

"谢谢。不过没那么严重……"

"还是应该让医生好好检查一下，"石津说，"万一有什么后遗症就糟了。"

"好吧。对了，搜查任务都安排好了吗？"

"都交给我吧。"

"那拜托你了。还要派人监视久保崎洋子的住宅，她早晚要回家。"片山一站起来，表情立刻扭曲了，"哎哟，疼死我了……"

他走出派出所，一个站在暗处的男人走过来，对他鞠躬致歉："这次误会，实在非常抱歉！"

"没事。嗯……你是国原先生吧。"

"对，我叫国原修吉，以前也是刑警，我们也算同行了。但是这次闹出这样的乌龙……"

"没关系，这也难免。"

在小区里巡逻的国原等人无意中来到那个公园，他们看到潜伏在树林中的片山，一心认定他就是可疑分子，于是一拥而上把他打倒在地。

虽然误会很快得到澄清，但是久保崎母子消失不见了。

"怎么说呢，你们也是在执行任务嘛。"

"你这么说，我心里就更过意不去了，"国原不住鞠躬，"如果警方在小区搜查需要我们带路，请尽管开口，我们愿尽绵薄之力……"

"那请你带着石津到处走一走吧。"

"好。我先把你送到医院吧。"

"我自己打车去就行了。"

片山话音未落，听见一个人说："我这里有免费的车。"

片山回头一看，吃了一惊，刘屋忍靠着车子站在不远处。

"你来这里干什么？"

"我正好看到警车来了。你好像伤得不轻啊。"

"哦……其实还好，"片山摸摸受伤的下巴，"你不去车站接你丈夫了吗？"

"刚才他打来电话说要和同事去喝酒，很晚才回来。你要去外科医院吗？我认识路，可以带你去。"

"但是，这太麻烦你了……"

"反正我有空。上车吧。"

"那就恭敬不如从命了。"

石津一脸诧异地看着他们的交流。片山本想跟他解释几句，但嘴里的伤口实在疼得厉害，什么都没说就上车了。

医院距离小区只有几分钟车程，在车上，片山简单讲述了受伤经过。刘屋忍听罢大笑。

"你还笑！"片山郁闷地说。

"对不起！不过，真的很好笑啊，竟然把刑警当成流氓了！"刘屋忍嘻嘻哈哈。

她这种没心没肺的讲话方式，越发让片山觉得很像晴美。

"如果疼，就说出来，请不要顾虑。"外科医生面无表情地说。

"疼死我了！不……不……没关系，请继续。"片山浑身上下都是擦伤，医生每处理一处伤口，都会引发片山嗷嗷惨叫。不过经过检查，片山并没有骨折或其他严重外伤，他松了口气。

"深更半夜，给你添麻烦了，"片山一边穿上衣一边说，"请问治疗费多少钱？"

"哦，刚才国原先生打电话说治疗费由他来付。"

"国原先生？啊，是他呀。"就是那位小区巡逻队的队长。大概他对于把片山错认成流氓导致久保崎母子逃走一事感到内疚。

"但这是两码事，"片山说，"还是我来付吧。"

"这样啊，你带医保卡了吗？"

"没带。"片山因此多付了些钱。

走出诊疗室，片山一眼看到刘屋忍坐在候诊室里。

"你没待在车里吗？"

"外面很冷，"刘屋忍笑眯眯地说，"你刚才叫得真惨！"

"你还笑话我！消毒的时候疼死了。"片山辩解道。

"真可怜。"

"久保崎母子逃跑这件事比身上的伤口更让我难受。"

"如果你不嫌弃，我可以安慰你。"

"算了吧，我可不想被你老公揍。"

外科医生走出来："刚才你提到一个姓久保崎的人？"

"对，"片山回过头，"你认识？"

"那是很久以前的事了，大概将近十年前，有个姓久保崎的高中男生因为腿骨折，被送到这里治疗。"

"十年前上高中……"那么，现在就是二十多岁，和久保崎睦现在的年龄吻合。

对啊，久保崎家的房子看起来有年头了，片山此前默认他家多年来一直住在那里。现在看，也许那是他家买的二手房，近几年才搬进去。

"他家以前就住在这个小区？"

"当然。以前我有时还能碰到那位母亲，如果我们说的是同一个人。"

这就不难理解他们为什么会在这个小区见面了。

"非常感谢你提供的信息。我回去调查一下。"片山说。

如果十年前久保崎家真的住在这个小区，那么调查起来应该很简单，说不定还能找到熟悉他家的住户。

片山让刘屋忍把他送到车站。

"不好意思，让你东奔西跑的。"片山感到很抱歉。

"没关系，有幸亲身参与到这种奇怪的事件里，我乐在其中呢。这种事平时可不多见。"

"要是多见就麻烦了。"片山说。

车子开了没多久,刘屋忍的手机响了。

"是我老公打来的。喂?"她在路边停下车,"什么?你到车站了?你不是说很晚才回来吗?我正在去车站的路上,你等我十分钟。"

坐在副驾驶席的片山听到了手机中传来的怒吼。

"他是不是生气了?"

"别管他,他就是这个德性,"刘屋忍耸耸肩,发动车子,"一不顺心就发火。"

"我会好好说明情况的。希望他不要上来就揍我。"片山真的有些担心。

路上车很少,不到十分钟就到车站了。一个身材瘦高的男人站在出租车停靠站旁边。

"那就是我老公,"刘屋忍说,"看,是不是和你很像?"

说实话,片山并没觉得他和自己特别像,只不过身材确实有相似之处。

车一停,刘屋忍的丈夫就怒吼一声:"你怎么这么慢!"

"请不要生气。"片山走下车。

"介绍一下,这是我老公刘屋浩茂,这位是片山先生。"

刈屋浩茂目瞪口呆，连发火都忘了，他万万没想到从妻子车里走下一个男人。

"我是警视厅搜查一课的片山义太郎。事实上，你的太太帮了警方大忙……"片山作好挨揍的心理准备，飞速讲完事件经过。他也不知道刈屋浩茂到底有没有听明白。

"所以就是这么回事。你的太太立了大功。"

"这样啊，"刈屋终于开口了，"她多少能帮上忙，真是太好了。她八成是觉得好玩才插手的。"

"事先没有和你打招呼，是我失礼了。"

"没事，"刈屋看着从车里下来的妻子说，"这种事平时也没机会经历。"

"是啊，可有意思了。片山先生，你多保重。"

"谢谢，那我告辞了。"片山再三道谢，同两人告别后，走向检票口。当他回头时，看到刈屋坐上副驾驶座，车子开走了。

"总算躲过一劫……"片山松了口气。他没想到刈屋浩茂会如此轻易地接受了自己的解释。

"对了，得给石津打个电话。"片山掏出手机。

"片山先生，你已经到家了吗？"

"没有，我刚到车站。"

44

"开车送你的那个女人，真是魅力四射啊。"石津别有所指地说。

"是吗？"

"不过，她不是单身吧？"

"她是不是单身和我有什么关系！你说说，后来有什么发现？"

"没有重要发现。他们大概早就跑远了。"

"也许吧……不过，久保崎一家以前好像住在那个小区。"

"所以他们才选择在那个公园里会合？"

"嗯。你们也回家休息吧。明天再调查久保崎一家现在住在哪里。"

"好的，不过我还要在这里多待一会儿。请代我向晴美问好，"石津干劲十足，"你告诉她，下次我绝对不会让那个家伙跑掉。"

"我会告诉她的……"片山笑了，忘了嘴里的伤口，"啊，疼死了！"

"所以你把那个刑警当成我了？"在回家的路上，刘屋浩茂问。

"对，因为从后面看，你们的身材很像嘛。真的，你们的身高差不多，而且都是溜肩。我当时以为就是你。"刘屋忍握着方向盘。

"算是奇妙的缘分。你说那个疑犯以前住在我们小区？"

"好像是，那个外科医生说的。"

"这样啊。那个刑警看起来人不错。"

"是啊，他被人当成流氓揍了一顿也没有发火。我本来以为刑警都是非常威武霸道的。"

"刑警也有不同的性格。"

"是啊。对了，你今天怎么回来这么早？你以前去喝酒不是都很晚才回来吗？"刘屋忍看了一眼丈夫，"而且你也没怎么醉。"

"因为明天上午要见一个重要的客户，宿醉的话，就没法谈生意了。"

"那今晚早点儿睡吧。回去我就给你准备泡澡的热水。"

"嗯，好。"

"真好啊。"刘屋忍微笑着说。

"什么真好？"

"以前如果让你在车站多等一会儿，你就会不分青红皂白地对我发脾气，但是今天你好像心情很好。"

"我也没有总是那个样子吧。你对那个刑警也这么说？"

"没有，我说你干吗？"

"也是。"刘屋笑了笑。

很快就能看到自己居住的住宅楼了。

刘屋也会开车，但如果每天都把车停在车站附近，光停车费就要花一大笔钱，就决定每天由妻子开车去车站接他。

"是杀人事件吗？"

"什么？哦，你是说公园里的那个疑犯？听说是杀人未遂，但是他的确有杀人意图。"

"哦……"

"片山先生的妹妹被卷入这个事件，差点儿没命。说到底，疑犯是因爱生恨，在恋人家里装了炸弹想炸死她。他的恋人就是片山先生妹妹的朋友。"

"太可怕了。"

"可不是嘛。听说炸弹的爆炸规模比较小，但那也很恐怖啊！"她虽然语气夸张，但是听不出来有多害怕。

刘屋浩茂心里想的却是另一件事，那个片山刑警是故意接近阿忍的吧？也许阿忍并不这么认为，但自己可不会轻易上当。片山从一开始就设下圈套，让阿忍以为他们是偶然相遇。

片山看起来人很好，踏实稳重，但是这种外表人畜无害的人往往最难对付。他处心积虑地接近阿忍，而阿忍竟然毫无觉察。

阿忍无论如何也想不到片山的目标就是她丈夫。想起天真纯洁的妻子，刈屋心里一痛。

"你先回家，我去停车场停车。"刈屋忍说，把车停在住宅楼前。

"我们一起去吧。"

"不是想让你多休息一会儿嘛。"

从这里到停车场，步行只需要五六分钟。

"好吧，那我先回去了。"刈屋拿起包下车了。

"我马上回来，你先休息一下。"

"嗯。"

车子向停车场驶去。

刈屋坐上电梯，舒了口气，但转念一想又觉得事情不对，阿忍肯定是为了给片山打电话才坚持自己去停车场。

阿忍也许爱上片山了，不，说不定他们一直是情人关系。

"我和那个刑警哪里像？"他觉得妻子的话无法理喻。

对了，一定是这样，没错，阿忍和片山刑警有婚外情，而他才是片山的真正目标。

4 幻影

"别笑了!"片山闷闷不乐地说,"他们下手再重一点儿,我就骨折了。"

"可是,这实在太逗了!"晴美笑得前仰后合,"啊,我真想亲眼看看你现在的样子。"

"不要幸灾乐祸。"

"但是,没办法看到哥哥满脸是伤的样子太遗憾了。"

"没那么严重,只有额头和下颌有伤。"

片山来到晴美所在的医院,给她讲了昨晚的事。

"石津今天下午也会来看你吧?"

"对。我交到了个朋友呢。"

"在医院里?"

"对。他叫下河原,双腿骨折,现在只能坐轮椅。"

"哦……是个男人呀。"

"是啊,但他不年轻了,自称五十多岁了。"

"这样啊。不过,还是不要告诉石津为好,他肯定会吃醋的。"

"也是。其实我们只是病友之间的纯洁友谊，"晴美伸出手，"福尔摩斯，你在吗？"

皮毛油光水滑的福尔摩斯轻巧地跳上床，用身体摩挲着晴美的手。

"你来了真好，"晴美抚摸着福尔摩斯，"你听着，下次你要看看哥哥的相好刘屋忍小姐是个什么样的人。"

"胡说，什么相好？人家已经结婚了。"

"结婚了又怎么样？喜欢就抢过来呀，哥哥你必须主动一点儿。"

"别瞎说，我可不想惹麻烦。"

"你这个样子，一辈子都娶不到老婆了。"

"要你管！"片山气得扭过头，正好看到病房门被人大力推开。

"我来晚了！"石津走进来。

也许是觉得石津一来，病房就会变得很吵闹，福尔摩斯立刻溜了出去，开始在医院里悠闲地散步……

"看，有一只猫。"

"真的，好漂亮的三色猫。"

福尔摩斯一进入休息室，聚集在那里的女性患者就开始大呼小叫。福尔摩斯迅速逃到房间的角落。

"这里怎么有一只三色猫？"说话的男人坐在轮椅上百无聊赖地瞅着书架。他就是晴美新结识的朋友下河。

"这是哪里的猫？猫不是不能进医院吗？"下河说，"算了，问它它也不能回答。"

下河住院以来，成天无所事事，不知不觉养成了自言自语的习惯。不对，这不应该叫自言自语，而应该叫自己和自己唠嗑。说实话，下河在住院之前，从来没想过有一天还能以这种方式唠嗑。

他今天来休息室是想等片山晴美。

"结果等来一只猫。"下河苦笑着喃喃自语。

"这里是休息室。"这时，他听到护士在给别人介绍。

又来新病人了？这次是什么人呢？下河朝那个方向看去，一个脸色略显苍白的少女正走进休息室，她身穿连衣裙，脚上穿着皮鞋，还没有换成医院用鞋。

"这里全天开放，想来就可以来。"护士继续说道。

下河的目光牢牢盯在那个少女身上。她大概十三四岁，虽然对陌生环境感到有些不安，但眼睛里闪烁着好奇的光芒。

"不过这里没几本漫画……"

"我不太看漫画，"少女说，"我从小喜欢看小说。"

"好厉害啊。"

不会吧！

这个女孩儿……我难道出现幻觉了？

下河坐在轮椅上，努力扭转身体盯着那个少女。

"晚上必须早睡吗？"她问。

"是啊，因为在医院需要很早起床，所以自然需要早睡了，"护士说，"好了，我们回诊疗室吧。"

"我能在这里转一圈吗？"

"嗯，可以。"

少女在休息室里慢慢走动。下河也拼命扭转身体，视线追随着她的一举一动。

那个孩子……那个孩子是……

下河扭转身体时，体重全部压在轮椅一侧，导致重心突然失衡。只听"咣当"一声巨响，连人带椅一起倒在地上。原本在轮椅下休息的福尔摩斯于千钧一发之际逃了出来。

双腿骨折的下河趴在地上动弹不得，忍不住骂出脏话。

"哎呀！快来人啊！"护士大声呼唤，另外两个年轻护士跑过来。

"下河先生，你怎么了？"

"不知道怎么回事……没掌握好平衡……"下河疼得五

官扭曲。

看电视的一个女人说："他一直使劲回头盯着那个小姑娘猛看，该不会是喜欢人家吧？"周围的人一同大笑起来。

"混蛋，别胡说八道！"下河破口大骂，不过他目前也只能动动嘴。

"他太重了，叫个男人来。"好几个护士都没办法把下河搬回轮椅上。

"喂，你们倒是麻利点儿啊！"下河抱怨连连，但也没有其他办法。

"请再忍耐一会儿。我们实在搬不动你。"

"喵——"福尔摩斯走近下河，冷淡地叫了一声。

"连你都在看我笑话。"下河对福尔摩斯怒目而视。

"没事吧？"

下河的视野中出现了两条细白的长腿。他下意识向上看去，那少女正低头俯视着他。

"没事，就是有点儿疼，"下河说，"你……也是来住院的？"

少女点点头。"对，今天住进来的。"

"这样啊。"

"我还是第一次住院呢。"

下河继续仰头看着她。

"是吗？不过很快就会习惯的。"

"叔叔你也习惯了？"

"嗯，习惯了。但是习惯了之后，不知不觉就会大意。"

少女看着下河微笑起来。

"我现在的样子很滑稽吧？想笑就笑吧。"下河说。

"我不会笑你。"

"是吗？"

"因为我住院之后，可能也会变得很滑稽。"少女脸色严肃起来。

这时，一个年轻男医生来了，抱起下河放在轮椅上。

"下次请小心点儿，"医生说，"好不容易治好的。"

"我又不是自己想摔倒。"

在一旁观望的少女问："叔叔，你生了什么病？"

"我是腿骨折了，被车撞的。"

"一定很疼吧。"

"还好啦。"

少女在护士的催促下，准备离开休息室。临行前她又回头问："叔叔，你叫什么名字？"

"我？我姓下河。"

"我叫亚由。"

"好名字。"

少女微笑着说："我的全名叫松尾亚由。你以后还会到这里来吗？"

"嗯。"

"再见。"少女道别后，走出休息室。

下河心里一阵难过，他闭上眼睛。

松尾亚由……

但是，这孩子和那个人简直是一个模子里刻出来的！

"真会有这种事吗……"下河喃喃自语。

福尔摩斯仰头一眨不眨地盯着下河的脸。

从一开始就摆出一副臭脸也是很少见，片山想。

"久保崎五年前就从敝司辞职了。"那个保险公司的科长满脸不快，好像全世界都欠他钱似的。

"这我知道。"片山说。

"那你为什么……"

"其实警方正在以杀人未遂的罪名通缉久保崎睦……"

"久保崎睦？你找错人了吧？"

"他是久保崎悟的儿子。我今天来是想问问你是否有可能知道他的下落。"

"这个……"那个科长越发不耐烦了，"很抱歉，我毫无头绪。"他脸上明明白白地写着"希望你赶紧离开这里"。

"没帮上忙，不好意思……"他早早站起来准备送客。

"我还有一个问题，"片山却不为所动，"久保崎悟先生为什么辞职？"

"这……"对方迟疑片刻，"这事关他人隐私……"

"他辞职后马上离家出走，不知所踪，我必须打听一下他的辞职理由。"

"我什么都不知道！我为什么要了解这种事！"科长突然火冒三丈。

这时，伴随着一声"打扰了"，一个身穿三件套西装、看起来身居高位的男人推门走进来："我们一直在外面听你们谈话。"

"我注意到了，"片山点点头，"我发现这位科长并没有把门关紧。"

"请不要介意。好了，你可以走了。"

"理事，我……"科长脸色铁青。

"我知道，我又没有骂你。"

"是……"科长退出去。

"非常抱歉。我是K保险的理事西山，"他递出一张印有"西山秀男"的名片，"听说警方在调查一起杀人未遂事件，我觉得必须说出真相。"

"请讲。"片山说。

"事情是这样的，"西山秀男点点头，"久保崎是被公司开除的，因为他私吞了本应支付给客户的保险金。"

"这已经构成刑事案件吧？"

"本来我们的确应该报警，但又怕事情闹大了会影响到公司信誉，所以……"

"就内部处理了。"

"是的。幸好久保崎贪污的金额不是很大，他用抵押房子的钱堵上了这个漏洞。"

"那他后来为什么失踪了？"

"这就不清楚了，"西山耸耸肩，"他辞职之后的事，敝司全然不知。"

"后来他与贵社的人还有联系吗？"

"据我所知，完全没有，"西山摇摇头，"话说回来，警方现在调查的事件到底是怎么回事？"

"久保崎悟的儿子久保崎睦制作炸弹，试图炸死和他分手的女友。"

"哦，原来是这件事。我在新闻里也看到了，当时还注意到久保崎这个姓氏，只是我没想到他竟然就是久保崎悟的儿子……"

片山向西山道谢，离开了办公室。

下到一楼大厅的时候，前台接待员叫住了他。

"这位客人请留步，请问您是片山先生吗？"

"对。"

"有个打给您的电话。"

"打给我的？可是……"片山一头雾水地接过对方递来的话筒，"喂？"

"请问是片山刑警吗？"是一个年轻的女人。

"对……"

"我无意中听到你和西山理事的谈话。"

"请问你是哪位？"

"我曾是久保崎先生的部下，刚才理事的话全是胡扯。"

"你是说……"

"详细情况，我想当面跟你说。"

片山犹豫片刻。他现在调查的久保崎睦与其父亲的过往可能关系不大，但说不定能从中得到某些线索。

"好吧，怎么见面？"

　　"我叫津村茜，今晚下班后可以见面吗？"

　　他们定好时间和地点，片山挂断了电话。

　　对方听起来很真诚，不像在开玩笑。不知道这个电话是从哪里打来的，对方一直压低声音，好像生怕别人听见似的。

　　总之，多打听点儿消息也没有坏处，片山想。

5　偶然和必然

"福尔摩斯，你在吗？"晴美在走廊里缓慢前行。

福尔摩斯站在前方，叫了一声。逐渐习惯失明的生活后，晴美慢慢掌握了听声音辨别方向的本领。

"你好。"一个男人说。

"哦，是下河原先生吧。"晴美说。

"你还记得我啊。"

"当然了。这是哪里？"

"这是休息室旁边。"

"那我和你一起去休息室吧。"

"好。你把手伸过来。"

"不用，我跟着福尔摩斯走就行。"

"那你慢点儿走。"

"这只猫叫福尔摩斯啊。它好像很聪明。"

"对，它聪明极了。"

"它是三色猫啊……"

"怎么了？"

"没事……我好像在哪里听说过一只名叫福尔摩斯的三色猫的事。"

"那你一定是看过关于我哥哥的报道，那里面提到过福尔摩斯帮他破案之类的。"

"破案？"

"对，我哥哥是刑警。"晴美说。

下河张口结舌，原来她就是那个片山刑警的妹妹。

"怎么了？"晴美问。

"没什么……我只是突然想到……一件急事，"下河说，"不好意思，我得走了。"

"没关系，我可以照顾自己，而且有福尔摩斯陪着我。"

"好吧……再见。"下河操纵着轮椅，匆匆离开休息室。

"瞎说什么呢，你个猪头！"下河咒骂自己，天天待在医院混吃等死，怎么还会有急事？对方会起疑心的。而且，仔细想想，也没必要逃走。

"我什么都没干。"当然，他不想见到片山刑警，不过就算见到了也不会怎样，他又没做亏心事。

"你啊，就是没出息！"一听到"刑警"二字就条件反射地想逃跑，下河觉得自己很可悲。

"啊，这不是昨天那个叔叔吗？"

下河闻声回过头，看到那个少女穿着睡衣站在那里。

"是你啊。"

"今天不要把轮椅弄翻哦。"少女笑道。

"你叫……亚由，对吧？"下河说。

"你还记得呀。"

"当然了。你已经住院了？"

"嗯。我觉得很奇怪。"

"什么很奇怪？"

"你看，睡衣不是应该只有晚上睡觉的时候才穿吗？可是在这里一天到晚都是这副打扮……"

"是啊，你说的没错。"住院时间久了，穿睡衣已经成了习以为常的事，但是在亚由看来还很新奇吧。

"你一个人？"

"妈妈也来了。"

"这样啊。那你快回病房吧，不然妈妈该着急了。"

"没关系，"亚由两手背在身后，"妈妈在和医生谈话。"

"哦……"

"她说要拜托医生用痛苦最小的方法给我治疗。"

"这样啊。"

"不过，有一点儿痛苦也没关系，这是难免的。哪有舒舒服服就能把病治好的呢？"亚由说。

"亚由。"远处传来一声呼唤。

"妈妈，我在这里。"亚由挥着手。

"你在这里干什么？"一个身穿套装的女人走过来。

下河倒吸一口凉气，脸上血色尽失。没错，就是她。

"这位叔叔昨天也和我聊过天。"亚由说。

"是吗？你好。"她与下河四目相对，表情丝毫未变。

"你好……"

"我女儿刚刚住院，以后也拜托你多关照她。"

"好……我叫下河。"他试着报上自报家门。但那个女人依然毫无反应。

"我叫松尾布子。好了，亚由，我们去找医生谈话。"她拉着女儿的手准备离开。

亚由回头朝下河挥手告别："明天老地方见。"

"嗯。"下河看着母女俩远去的身影。

"这不可能。"他嘟囔着。那个女人应该认识我，但她听到我的姓氏竟然无动于衷。

"松尾……布子？"

她以前可不叫这个名字。

"爸，"阿部郁子呼唤坐在长椅上的父亲，"爸爸！"

国原修吉慢慢回过头来。

"是你啊。"

"我要去买东西，回来时顺路去幼儿园接麻美。"

"好，我知道了。"国原有气无力地回答。

"爸，您这是怎么了？好像心情很不好。"

"没什么。"国原耸耸肩。

郁子听说了，父亲巡逻时把正在盯梢的刑警错当作流氓抓起来了，让人家的目标跑掉了。这对于曾经是刑警的父亲来说大概是不可原谅的失败。

但是，在内心深处，郁子又对父亲的这次失败暗自感到高兴，因为父亲对于巡逻这件事实在热心得过头了，所以她觉得给父亲稍微浇点儿冷水也好。

"那我走了。"

"嗯。"

郁子还没走出几步，一个男人与她擦肩而过。

"啊，你好。"她打过招呼准备继续往前走时，国原叫住她，"郁子，等一下。"

"怎么了？"

"你认识那个男人吗？"

"他呀，认识啊。"

"这个时间他为什么会在小区里？他不去上班吗？"

"哦，他是钢琴家。"

"钢琴家？"

"对，他是弹爵士钢琴的。他好像在夜总会或者酒店的酒吧里表演，一般是傍晚出门，黎明才回来。"

"这样啊……他叫什么名字？"

"他姓中田。我记得他好像叫……中田直也。以前他在小区组织的联欢会上弹过钢琴。"

"哦……"

"怎么了？"

"没事。你去吧，不耽误你时间了。"

郁子走后，国原从兜里掏出手机，拨通以前部下的电话。

"国原先生，您最近还好吧？"

"啊，我挺好的。不好意思，你能不能帮我查一个人？"

"查谁？"

"一个叫中田直也的男人。我记得他以前好像犯过事。"国原的眼中又恢复了神采。

"请稍等，我这就查一下，"过了一两分钟，过去的部下说，"电脑数据库里没查到这个人。"

"这样啊……"国原有些失望，"不过，我总觉得他很眼熟……"

"也许以前查案的时候找这个人问过话。"

"不，没这么简单，"国原不甘心地说，"能不能再帮我查一次。"

"还是查中田？"

"嗯，"国原想了想，"等一下，也许他改名字了。"

"国原先生，会不会不是中田，而是仲田？"

"仲田？"

"十几年前，我们不是逮捕过一个姓仲田的爵士乐手吗？就是吸毒的那个……"

"对啊！"国原忍不住拍了一下自己的脑袋，"我真是不中用，怎么没想起这个人呢！"

"就是他？"

"绝对没错！他叫仲田什么来着？"

"仲田友也。"

"就是他。谢谢你。"

"不客气。这家伙干什么了？"

国原看看周围，确认无人之后才说："不，他暂时还没干什么。不过他的狐狸尾巴快要露出来了。"

那时候的仲田长发披肩，留着胡子，穿着睡袍似的奇装异服。现在穿着粗呢西装，打着领带，与过去的形象大相径庭。没能一眼认出来也是情有可原。

"原来是那个家伙啊，"国原嘴角浮现出一丝笑意，"等着瞧吧……"

"您说什么？"正在准备晚餐的郁子停下手头的动作。

"我说中田其实是那个男人的假名。"国原说。

"怎么回事？"

"十几年前，我曾经逮捕过他。他真名叫仲田友也。"

"您认错人了吧？可不要再搞出乌龙了。"郁子摇摇头。

"你一点儿都不担心？这个小区住着个有犯罪前科的人。"郁子看到父亲再次干劲满满，心里不安起来。

"可是那个中田先生人很好啊。至于前科什么的……"

"他曾经吸毒。那家伙和玩爵士乐的那帮狐朋狗友一起吸毒，然后被逮捕了。"

"这样啊……但是，就算真有这回事，也没什么稀奇。"

"不仅如此，"国原得意地说，"他还有一项罪名。"

"是什么？"

"对女人施暴。"

郁子瞪大眼睛。

"不会吧！"

"他把来听爵士乐的一个女生带到录音室施暴。我们不能放任这种家伙住在小区里。"

"爸……"

"到时间了，我得走了。"国原说。

"又去巡逻吗？"

"是临时开会。我一小时后回来。"说完就匆匆出门了，留下郁子呆立在厨房里。

怎么可能？中田不可能是这种人！郁子想给中田打电话询问，但又想到他可能已经去工作了。

还是等丈夫下班，先和他商量一下吧。郁子稍微放下心来，又开始准备晚餐。

6　舍弃明日

"把你叫到这种地方见面，实在不好意思，"津村茜抱歉地说，"不过在这里就不用担心碰到公司的人了。"

"没关系，我是刑警，"片山说，"去什么地方都可以。但是一个人到这里来还真需要几分胆量。"

这间位于百货商店的茶室相当宽敞，男客人只有片山。在这里等待津村茜的三十多分钟里，始终只有他一个男人。

理由很简单，因为这间茶室位置特殊，必须穿过女士内衣卖场才能到达。

其他楼层也设有咖啡厅，男士很少会专门选择这里。

"不过这里的红茶的确不错，"片山正在喝第三杯红茶，"就是有点儿苦。"

津村茜微笑着说："片山先生，你人真好。"

她看起来像办公室里最低调的那种员工，每天埋头干着各种不起眼的工作，但是每件工作都会尽职尽责地做好。

"你说你曾经是久保崎悟先生的部下？"片山问。

"是的。久保崎先生五十多岁，一直不受上层赏识，没有得到晋升，"津村茜说，"可是他从不抱怨或发牢骚，每天都勤勤恳恳地工作。"

"西山理事说他贪污保险金……"

"完全是胡说八道！"津村茜斩钉截铁地说。

"就是说，他是帮别人背黑锅？"

"那些钱是西山理事自己贪污的，然后他把过错推给久保崎先生……但西山理事在公司里很有势力，大家都睁一眼闭一眼……"

"久保崎先生没有抗争？"

"他啊，破罐子破摔了。"

"你的意思是……"

津村茜把红茶一饮而尽，断然说道："我和久保崎先生有过一段特殊关系，是在他辞职那天。"

"在他辞职那天？"

"那时，我也很怕被开除，所以没有跟他说过话。但是他离开公司的那天，周围同事没有一个人向他道别，我实在忍无可忍了，"津村茜说，"可能我是站着说话不腰疼，但是我很希望久保崎先生能与西山理事据理力争，战斗到底。然而，他一句话都没辩解就走了……我立刻收拾好东西，追了上去……"

"虽然我也没想过事情会变成这样……"津村茜说，"但我不后悔。"

在酒店的床上，津村茜和久保崎悟汗湿的肌肤紧密地贴在一起。

"对不起，"久保崎说，"我知道你是同情我才这么做。"

"只有同情，我可不会这么做，"津村茜亲吻着久保崎，"我一定是从很久之前就想这么做了。"

"和我这种没前途的男人？"久保崎苦笑，"谢谢你，给我留下了最后的美好回忆。"

"这是什么话？为什么要说这么丧气的话？"津村茜急了，用力掐住久保崎的手腕。

"好疼！"久保崎惊跳起来，不小心跌到床下。

"天啊！你没事吧？"津村茜急忙起身查看。久保崎爬起来盘腿坐在床上，愉快地笑起来："我没事，就是有点儿疼。但疼是好事！"

"为什么？"

"因为，疼是活着的证明。人死了就不会感到疼，也不会感到痒了。不是吗？"

"可能吧。但我没死过，所以不知道，"津村茜说，"那些钱……是西山理事贪污的吧？"

"应该是吧，"久保崎点点头，"不过已经无所谓了。"

"无所谓？你的家人会很困扰的。"

久保崎脸上的笑容消失了。

"我没有家人。"

"什么意思？"

"我老婆洋子、儿子阿睦和女儿阿遥都离我而去了。"

"久保崎先生……"

"有些事，你还是不知道比较好。你以后遇到个好男人就结婚吧，一定要幸福啊，"久保崎下了床，"好了，我们也该回去了。已经很晚了，你家里人该担心了。"

"你不知道吗？我一个人住。"

"是吗？这样可不行啊。还是早点儿找个伴吧。"

"你会好好回家吧？"津村茜说。

"嗯，会的。如果那也能算家的话。"久保崎的语气中有一种津村茜从未听过的令人毛骨悚然的空洞。

两人收拾停当，离开了酒店。

"那我就在这里告辞了，"津村茜说，"再见……"

"谢谢你。"久保崎握住津村茜伸出的手，久久没有放开，久到对方有些迷惑。

"再见。"久保崎蓦然转身，快步走开了。

　　津村茜目送他离开，自己也朝另一个方向走去。她走了几步，突然想起刚才的握手，心里猛然一惊。她明白了，久保崎打算寻死！

　　于是她转身向久保崎追去。

　　"我追过去，但是没有找到他……"津村茜说。

　　"从此之后你就再也没有见过他？"片山问。

　　"是的。听说久保崎先生失踪了。"

　　片山沉吟道："他和他的家人之间到底有什么问题？"

　　"我也不知道。但久保崎先生失踪的事，他家好像没人在意。"

　　"你向他的家人打听过？"

　　"是的，我很担心，于是给他家打了电话。但他的家人极其冷漠，说什么都不知道。"

　　"这样啊。那家的儿子和母亲都不是凡人。"

　　"所以我很担心。如果久保崎先生发生什么意外……"

　　"我可以理解你的心情。"

　　"真对不起，我自顾自地说了这么多废话……"津村茜深深地低下头。

与片山告别一小时之后，津村茜买完东西回到公寓。她打开门锁，走进屋里。

"我回来了。对不起，今天到家晚了。"

"辛苦了，"久保崎悟回过头说，"我做好米饭了。"

"是吗？我从百货店买了几个小菜，马上去加热一下。"津村茜脱下大衣。

"不用着急。我老了，没那么容易饿了。"

"你又说这种话……"津村茜笑道。

买来的小菜处理起来很方便，十五分钟后，美味的晚饭就上桌了。

"现在商店里什么都能买到啊。"久保崎悟说。

"你是不是有时候也想吃我亲手做的饭菜？"

"不，你下班回来还要做饭太累了。在店里买现成饭菜比较省事，可以给你减轻负担。"

他们不是夫妻，但五年来他们同吃同住，很多事无需多言，就能心领神会。

"我说，你的口味好像变了。"久保崎悟说。

"是吗？"津村茜停下筷子。

"你以前都不吃这些酱菜。"

"哦……是啊，"津村茜犹豫片刻，又说，"可能以后口味还会变呢。"

"是吗？"

"因为肚子里的宝宝需要摄入各种营养啊。"

久保崎悟张口结舌，呆呆地盯着对方。

津村茜双颊晕红："你不要这么看着人家。"

"阿茜……这是真的吗？"

"嗯。"

"但我都五十五岁了……"

"比你年龄更大的都当上父亲了。"

"我知道……但现在的收入……"

"我会继续工作的。钱不是问题！"津村茜坚定地说，"我想把这个孩子生下来。即使你不同意，我也要生。"

久保崎悟呼了口气，然后笑着说："我知道了。既然这样，我必须和老婆谈离婚的事了。"

"现在不行。"

"为什么？"

"今天有刑警来公司了。"

"刑警？"

"你没看新闻吗？警方正在通缉你儿子。"

"阿睦？他干什么了？"

津村茜把片山的话转述给对方，久保崎悟脸色阴沉下来。

"洋子竟然也参与了……但是，杀人未遂？阿睦他怎么会做出这种事呢？"

"所以说，现在无论如何都不能联系你的家人。"

"也对……"久保崎悟点点头，"不知道阿遥怎样了？"

"你女儿？刑警并没有提到她。"

"我觉得阿遥太可怜了。至于洋子和阿睦，我已经拿他们没办法了。"

"你啊，别想太多。"津村茜放下碗，握住对方的手。

"现在我心里只有你，还有我们未来的孩子。你一定要相信我。"

"我相信你。"

久保崎悟把津村茜拉过来，吻上她的双唇。

"是你让我活下来的。你的幸福永远是第一位的。"

"谢谢，"津村茜泪流满面，"真是的，我怎么变成爱哭鬼了？"

"你要注意身体。如果不舒服就请假回家休息，千万不要勉强。"

"那可不行！我一定要努力，一直工作到这孩子出生！"

"你啊……"久保崎悟苦笑着摇摇头。

听到卫生间传来淋浴声，久保崎悟暂时停下洗碗的动作。

这间公寓虽然设施一应俱全，但实在太小了。当初久保崎悟搬进来只是打算暂住一段时间，但两个人相处得非常融洽，不知不觉，这样的小日子已经过了数年。

久保崎悟每周打工三天，收入不及津村茜的一半。但他已经五十五岁了，想找一份正规工作近乎天方夜谭。

此时，久保崎悟心情十分复杂。一方面是津村茜怀孕了，虽然对方似乎由衷地感到高兴，但他本人一想到生产前后的种种事情，就没法单纯地开心起来。

"总之，必须找一份全职工作才行……"他自言自语道。

另一方面，妻子和儿子也让他放心不下，而且这事很难对津村茜说。

对他而言，洋子的事无所谓，但儿子毕竟是儿子。他很担心儿子，更重要的是，他觉得儿子走到今天这一步，自己负有一定的责任。

这小子到底干了些什么？津村茜从片山刑警那里打听到的消息并不是很详细。

"对了，可以上网查查。"他已经看到津村茜在网上看新闻，但他很不擅长操作电脑。津村茜曾经教他发邮件，但他并没有可以寄信的对象。

浴室传来津村茜哼歌的声音。

久保崎悟匆匆洗完碗，然后坐在电脑前，打开电源。他笨拙地移动着鼠标，想赶在津村茜从浴室出来之前找到想了解的消息。

7　惨叫

"医生，前几天麻烦你了。"片山看到身穿白衣的外科医生走出来。

"哦，是刑警先生，"对方笑眯眯地说，"你的伤怎么样了？"

"挨打的地方已经消肿了。"

"那就好，"医生说，"对了，我还想给你打电话来着，但找不到你的名片了。"

"有什么事？"

"你之前不是打听过久保崎家的事吗？"

"对，你说他家以前就住在这个小区……"

"是的。前天，久保崎家的女儿来医院了。"

"什么？"

"她的脚腕扭伤了，不过并不严重。我给她做了冰敷，又拍了片子……"

"她是不是叫……久保崎遥？"

"对，就是她，"医生点点头，"她好像一个人住在这个小区。"

"你知道具体地址？"

"稍等一下……"医生查看着病例，"你看，在这里。"

"太感谢了。"片山匆匆离开医院。

此时是下午四点多，久保崎遥可能还在工作，没有回来，但是无论如何要先去她家看看。

片山进入一栋住宅楼，坐上电梯。他来到一个房间门前，门上只有门牌号，但是并没有标明住户姓名。他按下门铃。

"来了。"屋里传出女人的声音，随即门打开了。

站在门里侧是刘屋忍。两人面面相觑。

"片山先生……"

"你怎么会在这里……"

两人同时开口。

"片山先生，你怎么会在这里？"

"我才要问你。这不是你家吧？"

"不是，这是久保小姐的家。"

"久保小姐？"

"就是久保遥。你认识她吗？"刘屋忍说，"啊，我知道了，难道她是你的女朋友？"

"不是！"片山慌忙否定。

恐怕这是假名，但在医院看病要用医保卡，必须用真名。

"我找这位久保遥小姐有点儿事。她不在家？"

"如果她在家，我就不会在这里了。"

"什么意思？"

"我是狗保姆。"

"啊？哦，你是给她照看宠物狗的？"

"对，我刚刚遛狗回来。"

"狗主人呢？"

"阿遥快回来了，"刘屋忍说，"你进屋等一会儿。"

"我可以进去吗？"

"可以，我和阿遥关系可好了。"

片山犹豫片刻，还是进屋了。

沙发上，一只片山从未见过的小狗以唯我独尊的姿势横躺在那里。片山坐在沙发一角，小狗似乎觉得不胜其扰，立刻起身跑到隔壁房间去了。

"被它嫌弃了。大概它闻到我家有猫，"片山说，"对了，后来你丈夫没说什么吧？"

"他说片山先生人很好。"刘屋忍笑着说。

"那就好。"

刘屋忍给他端来一杯茶。

"谢谢。"

"后来你们找到那对母子了？"

"很可惜，还没有。"

"这样啊。你妹妹怎么样了？"

"谢谢关心。她的视力还没有恢复。我待会儿还要去医院看她。"

这时，玄关传来一个女人的声音："我回来了。"小狗立刻窜出来，冲向那里。

"哎哟，小洛，不要扑我，衣服都让你抓坏了！"

"阿遥，你回来啦。"

"阿忍，谢谢你帮我照顾小洛。咦？有客人？"她好像注意到片山的皮鞋。

"我之前和你提起的那个刑警来了……"

"什么？"

片山走到玄关。"我是搜查一课的片山。你是久保……遥小姐吧。如果方便，我想和你单独聊几句。"

"片山先生，谢谢你的良苦用心，但这件事我早晚也要告诉阿忍。"

"阿遥，我先走了。"

"如果可以的话，请留下吧，"她说，"片山先生，我的确是久保崎遥。"

"什么？你……"刈屋忍双目圆睁。

"公园里的事我听说了。没想到母亲和弟弟会到这里来。"

"片山先生前几天追踪的就是……"

"是我母亲和我弟弟，"久保崎遥说，"小洛，不要叫！"那只小狗不知为何突然叫个不停。

"片山先生，我们出去说几句话可以吗？"

"当然可以。"片山点点头。

"小洛，你乖乖地待在家里，"久保崎遥摸摸小狗的脑袋，"阿忍，你帮我照顾它一会儿，好吗？"

"嗯，没问题。"刈屋忍嘴上虽然答应，脸上却是一副跃跃欲试想加入他们对话的样子。

久保崎遥忍俊不禁。

"好吧，那你把小洛关在里屋吧。"

"你一个人在外面住也太可怜了，"片山说，"现在你母亲和弟弟行踪不明，你知道他们可能会在哪里吗？"

"我也在想这件事，"久保崎遥说，"总之，父亲失踪之前，这个家就分崩离析了……"

刈屋忍加入进来，他们来到小区公园。此时天色已晚，没有孩子在那里嬉戏。

"是这样啊。"

"我弟弟犯下这种弥天大错……实在对不起。"久保崎遥坐在长椅上。

"不，你没必要道歉。"片山说。

"但他是我弟弟。我觉得我母亲肯定会回家。"

"是啊，如果她知道后来会迫于形势没法回去，可能当初就不会离家了。"

"他们两个人在一起太显眼了。片山先生，请你在我弟弟做出无可挽回的事情之前逮捕他。"久保崎遥的眼神很认真。

"我会努力的。"

久保崎遥还想说什么，突然从远处传来女孩儿的惨叫。

"怎么回事？"片山四下张望，"这声音从哪里来的？"

"不知道，"刘屋忍歪着头，困惑地说，"这个小区的回声很大……"

这时，一个十几岁的女孩儿从一栋楼里跑出来。

"是她！"片山朝那个女孩儿跑去，"发生什么事了？刚才是你在叫？"

"厕所里……"女孩儿脸色惨白，她用手指着那栋楼说，"有个男人……"

随后赶来的刘屋忍告诉片山："那栋楼的一层有个让外来人员使用的公共厕所！"

"我知道了。你照顾一下这孩子。"片山朝那栋楼跑去。

公共厕所设在大楼一层的电梯厅里侧，即使很小，也分了男厕和女厕。

"谁在里面！"片山大吼一声，推开女厕所的门，迎面的窗户大大敞开着。片山立刻跑出大楼，绕到楼后面。那里离窗户不远处有一段石阶，上去之后就来到一条可以走机动车的大路，那个男人应该早就逃之夭夭了。

片山在厕所窗外的墙根处搜查，借着夕阳的余晖，他发现在微湿的地面上有半个鞋印。

"片山先生！"刘屋忍跑过来。

"那孩子呢？"

"她妈妈来了。厕所里有人？"

"那个人从窗户逃走了。这里留下了鞋印。"

"真的是个鞋印！"

"看样子是男士皮鞋，可惜只有半个鞋印。我这就把鉴证科找来，他们应该有办法还原完整的痕迹。"片山给鉴证科打完电话，又问："那女孩儿看到那男人的脸了吗？"

"不知道……她吓坏了，我什么都没问。"

"可我现在必须要找她问话。她妈妈现在和她在一起？"

"对。"

"那你能帮我守在这里吗？"

"没问题。"

片山匆匆返回公园。在公园前面，除了久保崎遥、刚才那个女孩儿和她的母亲之外，还聚集了七八位主妇。

"这位是刑警先生。"久保崎遥说。

女孩儿已经冷静下来，据她所说，那男人显然不是误入女厕所，而是一直埋伏在里面。

"那个人长什么样？"片山问。

"我也不是很清楚。"女孩儿握紧母亲的手。

"你看到他的脸了？"

"没看清，那里很暗……"

"这样啊。"

女孩儿用手指着片山的领带，说："他……戴着这个。"

"他戴着领带？"片山点点头，"是啊，如果一个大人站在面前，孩子第一眼看见的可能是领带，而不是脸。"

"这也太吓人了！"一位主妇插话，"以后说不定还会发生类似事件。"

"总之，警方会详细调查的。小区管理人员也马上会赶来。"片山说。

主妇们离开后，久保崎遥说："竟然会发生这种事。"

"幸好孩子没事，"片山说，"啊，不好！刘屋女士还在那里。"

片山又赶回厕所那边："不好意思！让你等了这么久。"

"没事。你问出什么了？"

"她好像没看清对方的长相。好了，你可以走了，这里交给专业人士。"远处传来警笛声。

"太可恶了……"刘屋忍脸上蒙了一层阴影，"小区里有很多孩子呢。居然有变态躲在厕所里！"

"也许应该告诫孩子们暂时不要去类似公共厕所这种能藏人的地方。不过，那个变态虽然逃跑了，但天还没有全黑，可能会有人看到他。"

"片山先生，一定要抓住他。"刘屋忍抓住片山的手腕。

"我会叮嘱负责这个案子的警官好好调查。"

"也对，这不是你的案子。"

"你放心吧。"片山轻轻拍了拍刘屋忍的肩膀。这一刻，他忘记了对方已经结婚。他和刘屋忍在一起的时候，总是容易卸下心防。

这时，两名刑警匆匆赶来。

8 潜入

"这里是每天工作的地方。"配餐室的女人说。

"好。"

"当然，做饭由专业厨师负责。我们的任务是严格按照指示准确无误地把饭菜分配给每位患者。"

"好的。"

"工作时必须穿上这条围裙，戴上这顶帽子。有一根头发掉进饭菜里都算重大失误。"

"我会小心。"

"每位患者的饭菜不太一样。虽然大多数外伤患者吃的是同样的饭菜，但有时因人而异。有人血压高，有人心脏不好，所以饭菜会根据患者自身的疾病作出相应调整。"

"真是很繁琐的工作啊。"

"是的，所以配餐的时候，必须得确认餐盘上标注的名牌与患者名字是否吻合。收回餐盘的时候，还需要再次确认一遍。明白了吗？"

"明白了。"

"好了，我要说的就这些。你叫什么名字来着。"

"有川信子。"

"好，那你好好工作吧。"

"明白。"

"对了，还有，这里是医院，出入配餐室必须洗手。"

"我知道了。"

"这也是为了自身健康着想。医院里有无数肉眼看不见的病菌。所以，一定要尽可能多洗手。"

"我记下了。"

"加油吧。之后还会有人给你详细指示的。"

"好。"

第一项工作是清洗餐具和杀菌消毒。

有川信子眼前堆着大量用过的餐盘碗筷。

"这些都要仔细洗干净。"

"明白。"

绝不能引起别人的怀疑。有川信子，即久保崎洋子，立即开始埋头工作。

有川是洋子的旧姓。她觉得如果编造一个全新的名字，别人叫她时，自己可能不能马上反应过来。

当然，她没法丢下工作，在医院里随意走动。

不能心急，洋子默默念叨着。她一定要亲手干掉使儿子陷入困境的那个人——片山晴美。

为了儿子，洋子可以做任何事。就算让她洗比这多十倍的餐盘，她也愿意。

阿睦，你可千万不要被警察抓住啊！你逃得越远越好。妈妈会代替你制裁这些坏人的。

"哎呀，你干活很麻利嘛。照这个速度，很快就能洗完了。不过最好不要从一开始就这么拼命。"一个同事搭讪道。

"没关系，我喜欢干活。"洋子说。

"这种人可太少见了。"

洗碗间笑声四起，洋子也笑了，而且笑得相当自然。

"你在担心什么？"

听到晴美的问话，下河吓了一跳。

"没……没有啊。你为什么这么问？"马上反问，往往证明对方一语中的。

"不要隐瞒了，"晴美微笑道，"说来也很奇怪，自从我失明以来，别人说话时语气的细微变化，甚至没有发出声音的叹息，我都能听得一清二楚。"

"我刚才叹气了？"

"是啊，而且似乎是很难过的叹气。"

此时，晴美和下河正在休息室聊天，电视仍然被一群大妈占据着，除此之外，这里很少有人出入。

"很难过吗？算是吧……"

"不会是被护士小姐甩了吧？"

"喂，你想到哪儿去了！"下河忍不住笑了。

我这是怎么了？对方是把我送进监狱的刑警的妹妹，我竟然和她有说有笑。

"这样才对，还是笑起来比较适合你。"

"谁知道呢。不过，你啊……"

"我怎么了？"

"没什么。我只是觉得，如果你知道我以前的事，可能就不愿意和我聊天了。"

"为什么？"

"因为……我有前科，"这句话冲口而出，"住院之前我刚从监狱出来。"

"这样啊。"

"我是不是惨了？你哥哥是刑警啊。"

"这有什么关系？难道你是越狱出来的？"

"怎么可能！"

"所以，你是刑满释放出来的，对吧？这样的话，就没有任何问题了。"

下河注视着晴美："这是你的真心话？"

"跟你说客套话对我有什么好处吗？"

听了晴美的话，下河又忍不住笑出声来。

"原来你在这里呀。"这时，一个声音传来。

"哥哥，你今天来得真早。"

"不早了。我刚刚起床，"片山说，"你感觉怎么样？"

"没什么变化，但是基本上已经习惯了，"晴美回答，"对了，哥哥，这位是下河原先生，我在医院交到的朋友，"然后，她又说，"下河原先生，这是我哥哥片山义太郎，别看他这样，他可是个刑警哦。"

轮椅上的下河抬头看着片山，片山严厉地盯着下河。

晴美说："哥哥，你在听我说话吗？"

"嗯，我在听，"片山说，"我是晴美的哥哥，我妹妹承蒙你关照……"

下河有些慌乱："没事，不用这么客气……"

"下河原先生是因遭遇车祸而双腿骨折的。"

"那真是太不幸了。"

"不，其实……"

"下河原先生对落语很熟悉呢。对了，哥哥，你下次能不能给我带几盘落语的磁带？"

"嗯，好啊，我回去找找。"片山说。

"那我先告辞了……"下河操纵轮椅，离开了休息室。

"你要喝什么？我去给你买瓶饮料。"片山问。

"我不渴。哥哥，你想喝就自己买吧。"

"那我去买瓶水。"

"嗯，我在这里等你。"

"我这就回来。"

片山在走廊追上下河。"你到底打的什么主意？"他站在下河面前质问道，"你是故意接近我妹妹的吗？"

"我们是碰巧遇到的。再怎么说，我也不会为了接近你妹妹而故意弄断腿吧？"

"这倒是，"片山露出为难的表情，"你为什么自称下河原？"

"因为……真名我说不出口。不过，你不用担心，我不会再和你妹妹说话了，"下河说，"这样总行了吧？"

片山盯了下河一会儿。

"喵——"

"福尔摩斯，你什么时候来了？"片山看着脚下，"你也是来跟下河原先生打招呼的？"

福尔摩斯没有回答，而是纵身一跃跳到下河的膝盖上。

"喂，你不要吓唬他！"片山笑着说，"看来福尔摩斯已经认可你了，你的眼神很平静。"

"认可我了？真的吗？"下河似乎感到难以置信。

"我妹妹和你聊天好像很开心。就当我什么都没跟你说过，继续和她做朋友好了，下河原先生。"

下河抬头看着片山："你和你妹妹果然都是怪人。"

这时，旁边传来一声呼唤："叔叔，你好啊。"亚由被护士推着轮椅过来了。

"是你啊……"

"最近还好吧？没有再从轮椅上摔下来吧？"

"没有，放心吧，"下河笑着说，"你要去做检查吗？"

"嗯，不过我不会哭的。"

"真了不起！"

"再见。啊，还有小猫，再见了。"亚由向福尔摩斯挥手告别，然后离开。

"你认识那个孩子？"片山问。

"不算认识……只是在这里见过。"

"不是吧。我一眼就看出来你认识她。"

下河沉默了一会儿，然后他突然抬起头，说："片山先生，我有一件事想拜托你。"

"什么事？"

"你能不能帮我调查一下那个孩子的母亲？"

"调查她母亲？她又不是嫌犯，我们不能随便调查。"

"我知道。但是她母亲……可能是我妹妹。"

"你听说了吗？"

阿部郁子一听到别人把这句话作为对话的开场白，心里就忍不住一阵烦躁。都不知道说的是什么事，让人怎么回答啊！

当然，说这话的人也没有期待对方做出肯定或否定的答复，只等对方反问一句"什么事？"好方便继续说下去。

郁子没有作出任何回应，不过对方是无论如何都会接着往下说的那种人。

"那个弹钢琴的中田先生曾经因为吸毒被逮捕过！"

购物回家的郁子不由得停下脚步："这种事你是从哪里听说的？"

"我在信箱里的小传单上看到的。你没看到吗？"

"小传单？每家信箱里都有吗？"

"应该都有。"

"是谁发的小传单？"

"这我就不知道了……"

"是匿名的？如果是匿名的，就不用信了。"

"但万一是真的呢？而且，我听说最近公共厕所里发现了变态。"

"这事也写在小传单上了？"

"没有。但是小传单上写着，中田先生除了吸毒，还曾经对女人施暴。"

郁子心情沉重起来："啊，不好意思。我有点儿急事，得先走了。"她加快脚步，甩掉了那位还没说够的太太。

郁子回到家，把买来的东西放进冰箱。

不行，这件事她不能置之不理，她知道发传单的是父亲国原修吉。

"怎么办……"郁子思前想后，看看时钟，还没到接麻美的时间，于是下定决心，站起身来。

郁子按下中田直也家的门铃，等了一会儿。他不在家？她又按了一次。

"谁呀？"屋里传出人声。

"我是阿部。冒昧拜访，不好意思。"

门开了。

"阿部女士，你好。"

"我找你有点儿事……"话说到一半，郁子猛然注意到中田形容憔悴。

"是因为传单的事？"

"十分抱歉！"

郁子深深低下头，中田一头雾水地望着她。

"原来如此，"中田点点头，"原来令尊是国原先生。"

"你记得他？"

"当然记得，"中田立刻回答。他回忆起往事，露出痛苦的表情，"被警方审讯的事，我想忘也忘不了……"

郁子垂下视线。

中田赶忙说："不，对不起。我不是在指责你。"

"但是我父亲……"

"你父亲是你父亲，你是你，"中田说，"但是，小区中传出这样的流言……"

"我非常理解你的处境。我还记得当时拜托你在联欢会上弹钢琴的事，但那些不太认识你的人看到这个传单……"

"他们看到传单就信以为真了。从昨晚到现在，我几乎没合过眼，一直有匿名电话打过来。"

"这样啊……"

"对方骂一句'滚出小区'或者'死变态'就挂断了。如果他们当面骂我，我还能辩解几句……"中田长叹一声，"你喝咖啡吗？"

"不，不用麻烦……"

"陪我喝一杯吧。我想喝。"

"好吧。"郁子说。

中田把精心调制的咖啡端到郁子面前："话说回来，那时候我周围的朋友抽大麻或吸毒的人确实不少，"他说，"但是我没有做过。"

"那你为什么会被逮捕？"

"可能警方认定我和那些人是一丘之貉。最后因证据不足，我被无罪释放了。检察官也没有提出起诉。"

"原来如此，"郁子稍微放下心来，"中田先生，还有，那个……"

"我知道，他们说我还有一项罪名是对女人施暴，对吧？你有个女儿，肯定很担心。"

"我不相信你会做这种事。"

"谢谢。那真的是一场无妄之灾，"他摇摇头，"我有一个朋友，他和一个女粉丝交往过两三个月，后来他们大吵一架分手了。那个女生当时也有二十四五岁了，对男方怀恨在心，于是向警方报案说对方对她施暴。"

"这事根本和你无关嘛。"

"但警方连我也一起逮捕了。不过，他们后来发现那个女生的讲述有种种矛盾之处，最后认定我们无罪，把我们都释放了。"

"是这样啊。"

"这些事稍微调查一下就清楚了。"

"我知道了。我会让我父亲马上澄清传单里的内容，还你清白。"

"这是不可能的。"

"但是……"

"我不赞成制作传单这种方式，但那上面的内容不全是谎言。我曾被逮捕，的确是事实。只不过，传单上只写了我曾被逮捕，却并没有写我后来被无罪释放。"

"可是……"

"你父亲在这方面做得滴水不露，不愧是专业人士。"

"但这样下去……"

"我懂你的意思。最近也有传言说我是在女厕所里偷窥的那个变态。"

"为什么他们会这么想？"

"因为那个女孩看到那个男人打着领带，所以人们可能觉得在那个时间打着领带无所事事在附近闲逛的就是我。"

郁子长叹一声："总之，我会和父亲谈谈，看看能不能做点儿什么。"

"你这样做会造成父女矛盾的。"

"我不在乎。总之，不能这样下去了……"郁子站起来，把咖啡一口气喝干，"很好喝，真的。"

"你喜欢就好，"中田笑了，"你人真好……"

看到那个沉稳温柔的笑容，郁子心中一痛。

9 吠犬

　　长得很像，但是不会是她吧……片山停下脚步，注视着坐在公园长椅上的女人。不过，应该就是她没错。他又走了几步，停在长椅前。

　　身为刑警的片山很少在午休时间去公园散步，没想到在这个无风温暖的冬日，他竟然在公园邂逅了一位熟人。

　　长椅上的女人睁开眼睛。

　　"是你？"

　　"你好。"片山点头致意。

　　"这……我……不可能，对吧？"刘屋忍说。

　　"什么不可能？"

　　"我在想，难道我们约好了在这里幽会？"

　　"这的确是不可能，"片山笑了笑，和她并排坐在长椅上，"这里离警视厅很近，我过来散步。"

　　"哦，是啊，"刘屋忍说，"我都没意识到。"

　　"你为什么会在这里？"片山问。

　　"因为我老公的公司在这附近。"

"哦，原来如此。"

"你不要表现得好像什么都了解。"刘屋忍有些生气。

"怎么了？我说错了什么？"

"我刚刚受到沉重打击。"

片山干咳两声："抱歉，我在察言观色这方面非常迟钝，为此经常被我妹妹教训。"

"我不是那个意思，"刘屋忍抬头看向天空，"今天的天气真好啊。"

片山注意到她的眼中蓄满泪水。

"今天我来这边办事。我老公说他经常跑外勤，很少待在公司，还不让我打他公司的电话……但是我想也许碰巧他今天在公司呢。我给他打手机打不通，就打了公司电话。"

"然后呢？"

"然后，公司的人说我老公三个月前辞职了……"

片山一时之间不知该如何回应。

"这可真是……打击啊。"

"然后我就呆呆地坐在这里。"

"原来如此。不过，我想这种事你先生也很难开口吧。听说现在有很多人被裁员后会瞒着家里人，每天早上假装去上班。"

刘屋忍微笑道："片山先生，谢谢你。你真是个好人。"

"你过奖了……"

"我老公好像不是被裁员的。"

"什么？"

"听公司同事的语气，他肯定是因为做了什么事而被开除的。"

"他做了什么事？"

"不知道。但接电话的那个女人说起我老公时就像提到了什么脏东西。"

"那你只能直接问问你先生了，"片山说，"今天他回家后，你不要咄咄逼人地质问他，而要用询问的语气，好好和他谈谈。"

"好的，"刘屋忍深深叹息，"今天见到你真好，片山先生。"

"我也没帮上忙。"

"但有些事我还是想提前知道。"

"提前知道什么？"

"我想知道我老公为什么会被公司辞退。还有这三个月来他每天出门都干什么去了？"

"但是……"

"我没有看过他的收支明细，但是这三个月来，他的户头一直有进账，我想知道这是他在哪里赚的钱……"

"也许他找到了其他的工作。"

"如果是这样，他换工作应该告诉我才对啊。他不告诉我，就说明……"

"你担心他去借高利贷？虽然只有三个月，但利滚利的金额也会很大了。"

"我会亲自搞清楚的。而且，我也会当面问他。"刘屋忍好像已经作出了决定。片山没有立场提出置疑。

这时，刘屋忍的手机响了。

"是久保小姐打来的，哦，不对，是久保崎小姐。喂……喂？"她呼唤了好几次，对方似乎没有回应。

"怎么了？"片山问。

刘屋忍眉头紧皱："你听听。"她把手机递给片山。

"好像有狗叫。"片山说。

"你也听到狗叫？"

"嗯，应该是她家那只小狗。"

"是小洛，这个声音肯定是小洛发出的。"

"这个电话不会是狗打来的吧？"片山说，"这么说来，久保崎小姐会不会……"

说着，他站起来。

"我得马上去她家一趟。"

"好！"刘屋忍也立刻站起来。

"久保小姐！久保崎小姐！"刘屋忍不断地敲门，但是屋里无人回应。

"怎么办？"

"我们进去，"片山试着转动门把手，"门没锁。"

他一打开门，小洛就大叫着冲出来。

他们走进卧室，刘屋忍停住脚步，她看到一个人躺在床上，从头到脚都蒙着被子。小洛依然叫个不停。

片山横下心走到床边，掀开被子，刘屋忍一下子用手捂住嘴。

半裸的久保崎遥躺在那里，脖子上缠着细绳，深深陷入皮肤。她的眼睛是睁开的，直直地盯着天花板，仿佛不甘心。

"有人杀了她……"

"怎么会……"

"你不要碰任何东西。我马上报警。你现在回家比较好。"

"好的。不过，片山先生，你能行吗？"

"我没问题。"

"你的脸色好苍白。"

片山叹息道:"这种话不要说出来好不好!"说着,他拿出手机。

小洛不再大叫,它走到床边蹲坐在地板上,看着床上的主人。

"片山先生。"

石津刑警来到命案现场,也就是久保崎遥的房间。

"你来啦。"片山稍微松了口气。

"晴美小姐虽然不能来,但她派了代理来。"

"啊?"

"就是它。"福尔摩斯从石津脚边探出头来。

"是福尔摩斯呀……但是这家有狗。"

"喵——"福尔摩斯似乎毫不介意,径直走入房间。

石津看着久保崎遥的尸体。

"是男人干的吧?"

"不知道。室内没有翻动的痕迹,应该不是入室抢劫。"

福尔摩斯蹿上床边的小桌子。一件折叠起来的女士开衫放在上面。

"好了好了,"片山苦着脸说,"就算我害怕尸体,那个我也看到了。"

"这件衣服你见过吗？"片山问刘屋忍。

刘屋忍尽量不去看尸体。

"我见阿遥穿过。"

"看来是她自己叠好放在这里的？"

"应该是吧。她是个很认真的人。"刘屋忍点点头。

"你听她说过在和什么男人交往吗？"

"没有……"刘屋忍思索着说，"她不是那种容易敞开心扉的人。可能因为她以前住在这里的时候发生过一些事，所以我能理解她不愿意对别人说起自己的事。"

"这样啊。我们搜查一下她的物品，也许能找到那个男人的蛛丝马迹。"

"也搜搜她的手袋吧。"

"嗯，看看有没有记事簿什么的。"石津在她手袋里的物品都拿出来放在桌子上，但是里面并没有记事簿之类的东西。

"也没有手机。"刘屋忍指出。

"你接到的电话是从她的手机打来的吧？"

"对，是谁打的呢？显然不是阿遥打的……"

"肯定是凶手打的。小洛不可能打电话，只有凶手了。"

"所以，凶手打电话就是故意让我们听到狗叫？他为什么要这么做呢？"

"不知道。之后凶手还把手机带走了，"片山说，"也许凶手希望尸体尽快被人发现吧。"但是凶手这样做的理由是什么？

"小洛太可怜了，"刘屋忍看着蹲在墙角的小狗说，"不能把它留在这里，怎么办呢？"

"我也不知道。看看附近有没有人愿意收留它吧……"

"平常主人不在的时候，都是我在照顾它。"

"那你收养它好了。"

"我得先问问我老公。他不喜欢小动物，"刘屋忍说，"而且……我家现在似乎也不适合养宠物……"

是啊，她丈夫刘屋浩茂辞掉了工作，确实没有条件养狗。

福尔摩斯跳上床，来到久保崎遥脚边，发出催促的叫声。

"怎么了？"刘屋忍问。

福尔摩斯又快步走到厨房的角落，抬头看装狗粮的箱子。

"啊，对了，"刘屋忍站起来，"小洛还没有吃饭呢，我都忘了。"她赶紧过去把狗粮倒进食盆里，小洛立刻跑过来大吃起来。

"对不起。虽然你的主人去世了，但是也不应该让你饿肚子，"刘屋忍说，"福尔摩斯真是一只聪明的猫。"

"是啊……"片山看着在屋里到处走动的福尔摩斯说。

"对了,片山先生,"石津好像想起了什么,"楼下的广场上聚集着很多住户。

"事情我们还没有查清楚,现在不能向他们作出说明。"片山说。

"对不起,请让我进去!"门口传来一个女人的声音。

"是谁?"

"求求你,我要跟负责的刑警说句话。"

片山来到玄关,看到被警察拦住的那个女人。

"你是……"

"你是片山先生对吧!"

"啊,你是国原先生的女儿……"

"对,我叫阿部郁子,"对方飞快地说,"拜托你,到楼下广场来一趟!"

"发生什么事了?"

"我父亲他……"她话只说了一半。

片山立刻带着石津下楼了。

来到楼下广场,一群女人正团团围住一个人,义愤填膺地叫骂:

"杀人犯！"

"你又盯上我们的孩子了？"

"你这种人渣，死不足惜！"饱含激情的高呼引发了大家的掌声。

"从楼上跳下去很简单！"

"你不敢，我们就推你一把！"

片山看到国原环抱着双臂，站在离人群稍远的地方。

"石津，疏散她们。"

"是。"

"国原先生。"片山招呼道。

国原脸上瞬间露出"大事不好"的表情，但紧接着又展开了笑容。

"哦，片山先生，辛苦你了。"

"这是怎么回事？"

"大家只是在商量一些事情。"

"我不这么看。"片山从阿部郁子那里了解到大致情况。

石津穿过人墙，把一个脸色惨白的男人架出来。

"我是警视厅的，"片山走上前去，"我们正要调查这里发生的杀人案。有进展会告知各位的。"

"他就是杀人犯！"有人指着那个男人说。

"你是中田先生吧？"片山说，"你还好吧？"

"还好……"中田被石津架着，总算能站稳了，"我突然被她们围攻……其中有人带着菜刀。"

"有人带刀？"

"我们是为了保护自己的安全！这有错吗？"

"我们从国原先生那里听说了，这个男人曾因吸毒和对女人施暴被逮捕过。这种危险人物就潜伏在孩子们旁边，我们不能袖手旁观！"

"说得对！"

"大家冷静一下！"片山说，"中田先生吸毒和对女人施暴的罪名都不成立，并没有被起诉。"

他看着国原说："国原先生，这些你都知道吧？"

"我只是说他曾被逮捕，但我可没说过他被判刑。"

"既然你知道，为什么不阻止她们？"

"她们只是找中田问话而已，很正常。"国原说。

"带着菜刀还叫正常？"

"也许是做饭做到一半忘了把刀放下吧。"国原耸耸肩。

"爸，适可而止吧！"郁子实在忍无可忍了。

"郁子，你为什么要偏袒那种家伙？"

"我没有偏袒任何人。我只是制止你的做法。"

"如果麻美被杀，你也无所谓吗？"

"爸，您怎么能这么说！"

"这不是明摆着的吗？女厕所里的变态是个打着领带的男人。那个时间打着领带闲逛的人除了这个家伙还能有谁？"

片山叹息道："国原先生，你也曾是刑警，应该知道不能仅凭这种暧昧的证据就指认犯人。"

"我当过三十多年的刑警。直觉告诉我，这个男人不是个好东西。"

"够了！"郁子勃然大怒，"以后不要再发小传单了！"

"你有什么证据证明那是我发的？"

"爸……"郁子盯着父亲，好像看着陌生人。

"请不要再说了，"中田说，"阿部女士，谢谢你。但是，讲再多的道理，这个人也听不进去。我会离开这里。"

"中田先生……"

"这是最好的办法。非常感谢你能相信我。"中田朝郁子深深鞠躬，然后便朝自己居住的楼栋走去。

围观的女人好像失去了兴致，三三两两地走开了。

国原也悄悄混在人群里离开了。

"我父亲惹出这么大的乱子，实在对不起。"阿部郁子向片山道歉。

"幸好你及时通知我，才没有造成严重后果。"片山说。

"但是，我父亲……"

"国原先生的确是老刑警，但是依赖直觉查案是很危险的。你的做法没错。"

"谢谢你，片山先生，"郁子终于露出微笑，"看来我们父女要冷战一段时间了。"

片山对此无话可说。

"自以为是实在太可怕了，"石津摇摇头，"要是我没有及时闯进去，那个拿菜刀的大妈很可能就要动手了。"

"她们自以为在做正确的事，没想到差点儿酿成惨剧。"

片山他们返回命案现场，刘屋忍抱着小洛站在那里。

"你都看见了？"

"嗯。片山先生，你真勇敢。"刘屋忍说。

"别恭维我了。你也该回家了吧？"

"我这就走。但是暂时没人愿意收留小洛，我也不能把它留在这里，只好把它带回去了。"

"你丈夫不会不高兴吗？"

"不知道……总之，今天晚上他只能忍忍了。"说完，她抱着小狗走了。

"好了，回现场吧。"石津催促道。

　　刈屋忍今天得知丈夫辞职的消息，受到沉重打击。现在又把小狗抱回家，还不知道她丈夫有什么反应。

　　不过，这也不是自己方便插手的事，片山想。但是，他怎么也忘不了刈屋忍离去时落寞的背影。

10　打击

没想到会如此顺利，久保崎洋子不禁感到几分扫兴。

"有川女士，轮到你吃午饭了。"

"好的。"久保崎洋子回答。

虽然是午饭，但是早已过了中午。配餐员要轮流吃午饭，新来的有川信子自然排在了最后。

"不好意思，我回来晚了，"同事直子拍拍洋子的肩膀，"肚子饿了吧？"

"没有，我不饿，"其实她饿了，"那我去吃饭。"

"慢慢吃，不要着急。"胖墩墩的直子朝洋子挥挥手。虽然她这样说，但是晚餐的准备工作已经开始了，所以二十分钟后必须回来。

洋子打算去楼下食堂吃拉面，这是最方便快速的食物。

她快步走过休息室门前时，听到一个护士叫："片山小姐。"洋子立刻停下脚步，刚才有人叫片山？

"你是片山晴美小姐吧？"护士又说。

找到她了！洋子朝休息室窥探。

"对，是我。"一个坐在沙发上的女生回答。

她就是片山晴美啊，让阿睦陷入困境的就是这个女人！

"不好意思，医生那里突然来了急诊病人，所以你的检查要稍微延后一点儿。"护士说。

"我知道了，没关系。"

"你要先回病房吗？我可以带你回去。"

"不用，我在这里等就可以了。"

"好吧，等医生那边准备好了，我再来叫你。"

"好的，谢谢你。"晴美微笑着回答。

"你的眼睛好点儿了吗？"

"偶尔好像能看到一些模模糊糊的光影，但基本上没有太大变化。"

"这样啊。眼睛看不见很不方便，再忍耐几天哦。有任何需要都可以找护士帮忙。"

"好，我没事。"

"那待会儿见了。"

看到护士走出休息室，洋子赶紧背过脸去。等护士走了，她又朝片山晴美那边窥看。

"来了急诊病人，不知要等到猴年马月。"

此时和片山晴美说话的是个坐在轮椅上的高大男人。

洋子还是第一次见到片山晴美本人，从护士的话里，她得知对方现在眼睛看不见。

"没办法，大医院里各种患者都有。"

"你想喝点儿什么？我去买杯咖啡吧。"

"但是这太麻烦你了。"

"一点儿都不麻烦。你等着。"

那个男人操纵轮椅，离开了休息室。

洋子死死盯着独自坐在沙发上的片山晴美。休息室里有一台大型电视，几个貌似老病号的女患者正围坐在电视前……

这时，休息室里响起广播声："参加合唱练习的人员现在集合……"

那几个女人立刻七嘴八舌地说：

"啊，还有合唱呢。"

"对了，今天有练习。"

"我都忘了！"

然后她们一起站起来，走了出去。

洋子看着空荡荡的休息室，愣了一会儿。现在那里只剩片山晴美一个人了。机不可失，时不再来。真没想到会如此顺利，洋子一边暗自庆幸，一边蹑手蹑脚地走进安静的休息室。

不过，也许安静得过头了。

晴美注意到虽然电视还开着，但是平素总是很热闹的那几个女人好像不出声了。

她们走了？晴美来回张望。她知道自己的眼睛看不见，然而耳朵可以"看见"。

刚失明的时候，她束手无策，又害怕又慌乱。短短几天之内，她就渐渐学会了区分那些"移动的声音"——人的说话声、脚步声、推车声；还有那些"不动的声音"——窗外的车流声、屋门开关的声音，等等。这样一来，她就能以那些"不动的声音"为坐标，确认自己的位置和行动方向了。

在这间休息室里，沙发的位置和朝向是固定的，坐在上面，自己的位置和朝向也就确定了。这让晴美感到很安心。

如果下河原先生回来，应该会听到轮椅摩擦地面发出的轻微声响。所以现在这里应该没有其他人。"还有这种时候啊……"晴美喃喃自语。

然而就在这时，她捕捉到某种极其微弱的脚步声。晴美努力侧耳倾听，有人进来了吗？但这个声音很不自然，比正常的脚步声要清晰很多。

也许是因为心理作用，或是因为其他什么声音，晴美觉得那个脚步声在向她这边移动。她伸出手，在沙发前方的小桌上摸索，那里叠放着几本又厚又重的女性杂志。她拿起其中一本，在膝盖上卷成一个结实的圆筒，用右手紧紧握住。

"啾——啾——"轻微的脚步声绕到了沙发后方。这绝不正常！同时，晴美听到了略显粗重的呼吸声。

晴美厉声叫道："是谁！"她感到有人倒吸了一口凉气。

就在这时，晴美听到了电视中传来的声音。其实，她一直都能听见电视中的声音，只是现在播放的这条新闻格外吸引了她的注意。

"小区居民久保崎遥女士被发现死于自己家中。据称她是被勒死的，警方已经开始调查这起命案……"

久保崎？久保崎遥？晴美觉得这个名字很耳熟，她不是久保崎睦的姐姐吗？

这时，晴美听到背后一个女人自言自语："是阿遥……"

她没有加敬称，晴美猛地反应过来。

"久保崎女士？你是久保崎女士吧？"对方似乎惊慌起来。此时，休息室入口传来轮椅滑过地面的声音。

"下河原先生，"晴美大喊，"抓住这个女人！"然后她听到有人迅速逃窜。

"站住！"下河原怒吼。接着是撞击金属的声音和女人的一声惊叫。

"喂！站住！"下河原继续怒吼。

"下河原先生，谢谢你！你没事吧？"

"让她逃掉了。不过她撞到我的轮椅，好像腿受伤了。"

"那个女人长什么样？"

"看她的打扮，应该是配餐室的工作人员。"

"我想她肯定是久保崎睦的母亲。"

"什么？久保崎睦不是装炸弹的那个人吗？是他妈妈？"

"我得把这事告诉我哥哥。下河原先生，麻烦你把护士叫来。"晴美拿出手机，按下通话记录，直接拨通哥哥的电话。

"喂，哥哥？"

"晴美，怎么了？"片山好像感觉到晴美有些不对劲。

"刚才久保崎洋子出现在医院的休息室里。"

"什么？"

晴美简短地说明了情况。

"我立刻过来。"片山说。

"好的。下河原先生在这里陪着我，没关系。"

"他在旁边？"

下河叫来一名护士，又回来了。

"对，他就在旁边……"

"叫他接一下电话。"片山说。

"我哥想跟你说话。"

"哦……"

"下河吗？"

"对，我是。"

"我立刻赶去医院。在我到达之前，你要一直待在我妹妹身边，知道吗？"片山说。

"我会的，如果你希望如此。"

"拜托你了。如果旁边有医院的人，让他接一下电话。"

下河把手机递给护士。

"下河原先生，你真是帮了大忙。"晴美说。

"可惜我买的咖啡全洒了。"

"这种小事就不必在意了。"

"你没事，太好了。"

"是啊。"

"那本杂志，你为什么要卷起来？"

晴美这才想起自己还紧紧握着那本杂志。

她慢慢松开手，杂志落在脚下。

"我本来想用这个自卫来着。"

"这样啊，你的胆子真不小！"下河咂咂嘴。

"才没有呢。"晴美右手握紧张开了好几次，僵硬的手指这才活动自如，"我都快吓死了，现在手心里还都是汗。"

"我不该把你一个人留在这里。"

"这不是你的错。"

"我……我跟你说实话吧，其实我不叫下河原。"

"但是你的确姓下河，对吧？就是曾经被我哥哥抓住的那个人。"

"你都知道了？"

晴美微笑道："和你聊天的时候猜到的。而且，下河原这个名字和你的真名也太像了吧？"

"也是……情急之下我编不出别的名字。"

"我觉得也是。"

"我这个脑子实在不够用啊，"下河苦笑着说，"但你还是一直叫我下河原。"

"因为你自称下河原，如果我不用这个名字称呼你，岂不是太失礼了嘛。"

下河盯了晴美一会儿。

"你们兄妹俩果然都是怪人。对了，和你哥哥搭档的那个大块头刑警似乎很喜欢你啊。"

"你说石津先生？你知道的还真多。"

"听人说的。"

这时，那个护士走过来。

"我已经调查过了。久保崎洋子用有川信子这个假名混入配餐室工作。她穿着制服，不知溜到哪里去了。"

"非常感谢，"晴美说，"我哥哥马上就到。如果置物柜里有那个人的私人物品……"

"我明白了，这就派人看守那里。"

护士离开后，晴美转向电视的方向。

"刚才播放的新闻让那个人停下了动作。新闻里说她女儿被杀了。"

"这是怎么回事？"

"不知道，但她女儿好可怜。"

几名患者走进休息室，一边叽里呱啦地闲聊，一边占据电视机前的地盘。

11　秘密的心

"有件事我想告诉你，不过不要抱太大期望……"吃晚饭时，久保崎悟说。

"什么事？"津村茜一边倒茶一边问，"你买彩票了？"

"你倒提醒我了，买张彩票也不错，"久保崎笑道，"有个私人事务所说，想找我明天面谈，如果顺利，也许会雇用我。"

"啊，那真是太好了！"

"先别高兴太早，还不知道结果呢。不过，别的地方一看我的年龄，根本连面试的机会都不给我，"久保崎叹息道，"我吃饱了！今天的晚报呢？"

"对不起，我忘了买。"

"没关系，我看电视新闻也行。"

津村茜停下筷子。

"我买了最近很受欢迎的甜点，待会儿我们一起吃吧。"

"我说，我已经够胖了，再吃裤子都系不上了。"

"我很快也会变胖啊。"

"你的情况特殊嘛。"

津村茜小心翼翼地窥探着久保崎的表情。她在手机看到新闻，得知他女儿被杀的消息。如果久保崎知道了这件事……

津村茜很担心对方会因此离开她。她不是不相信这个人，但他毕竟有妻子和儿子，一旦回家也许就不会再回来了。所以，她今天故意忘了买晚报。她希望久保崎一直蒙在鼓里。

久保崎将来知道了也许会生气。但是，至少现在，津村茜希望久保崎能把她和未出世的孩子放在第一位。

"我说，"津村茜收拾完餐桌，坐在久保崎身边，"我有个提议，你想听听吗？"

"什么提议？"

"我们一起泡澡吧。"

久保崎双目圆睁："喂，这里可不是温泉旅馆。"

"我知道家里没那么宽敞，但是偶尔一起泡澡不是很好吗？你可以摸摸我的肚子。"

"不会太挤了吗？"

"没关系，我喜欢紧紧贴着你的感觉，"津村茜依偎在久保崎身旁，"我们刚刚在一起的时候不是经常一起泡澡吗？"

"但是两个人进入浴缸，热水会溢出来，把地面弄得湿淋淋的，很难收拾啊。"

"是啊，"津村茜笑着说，"我们还被楼下的人骂了。"

"那你还要一起泡澡？"

"少放点儿热水就好了。好不好？"

"好啦，就依你，"久保崎搂着对方说，"我可以帮你搓背。"

"太好了！我这就去放水。"津村茜站起来向浴室走去。

"阿茜，你睡了？"久保崎轻声说。

津村茜靠在久保崎怀里，发出匀称的呼吸。

阿茜，对不起。久保崎很了解津村茜的心事。在她回家之前，久保崎从电视新闻里得知了女儿被杀的消息，他本想和津村茜开诚布公地谈谈。然而从她回家后的表现，久保崎马上意识到对方已经知道这件事了，还拼命缠着他不让他看电视，非要一起泡澡，还百般诱惑他……

久保崎能清楚地感受到对方的不安，这让他无比心痛，所以有些话实在不好说出口。

明天去公司面试的事是真的，同时他打算去警局，商量女儿的后事。妻子和儿子恐怕都无暇顾及这件事。他作为父亲，至少要让女儿体面地走完最后一程。

除此之外，他也担心妻子和儿子。作为丈夫和父亲，他应该做一些力所能及之事。

　　阿茜，请不要担心。久保崎抱紧身边的女人，津村茜动了动，呼了口气。

　　我绝不抛弃你。一切都会没事的。

　　"我回来了。"

　　不知不觉在沙发上睡着的刘屋忍被这个声音惊醒。

　　"欢迎……回来。"她打着哈欠说。

　　刘屋浩茂走进客厅笑着说："把你吵醒了，不好意思。"

　　"对不起，我没能去接你。"

　　"没事。今天招待客户，我喝了酒，从车站打车回来了，"刘屋浩茂一边解领带，一边说，"累死我了！想吃点儿清淡的东西。给我做个茶泡饭吧。"

　　"你这个人真好伺候。"刘屋忍微笑着说。

　　"家里没什么事吧？"刘屋浩茂脱掉外套走进卧室。

　　"没事。"

　　因为平时说得太顺口，这句话没过脑子就脱口而出，说完她才想起来好像有点儿什么事来着。是什么事呢？没等她想明白，就听见卧室传出两声大叫。

　　"汪！"

"嗷!"

对了!小洛正在卧室睡觉!

"老公!我忘了告诉你……"刘屋忍冲过去。

"屋里有条狗!"刘屋浩茂跑去走廊,"哪来的野狗!"

"不是野狗,是我带回来的。"

"什么?"

"对不起,没来得及跟你商量。但是我也没办法,它的主人被杀了……"

"我不管这狗是哪儿来的……"刘屋浩茂说,"不,等等,你说它的主人怎么了?"

"它的主人被杀了,是久保崎遥,我总去帮她遛狗……"

"哦,我想起来了,她一个人住……"

"对,所以小洛现在没人管了,"刘屋忍说,"老公,求你了,我们留下它好不好?"

"你要养它?"刘屋浩茂叹了口气,耸耸肩说,"好吧,我知道了,这也是没办法的事。"

"太好了!明天我就把小洛睡觉的小窝布置好。"刘屋忍在丈夫脸上亲了一口。

其实,小洛的事根本不是重点。重要的事,刘屋忍一件都没有问,比如你为什么要辞职?你这么晚回家,在外面都干了些什么？可是，如果问了，会让善良的丈夫很困扰吧。想到这一点，刈屋忍就怎么也问不出口了。

"我去给你做茶泡饭了。"她说。

"喂，妈妈？"

"阿睦，你没事吧？"久保崎洋子说。

"嗯，"久保崎睦说，"妈妈，你看新闻了吗？"

"你是说阿遥的事吧。"

"嗯。她被人杀了！"

"现在还不知道详细情况。"

"但是，怎么会有这么残忍的人！"久保崎睦的声音在颤抖，"竟然对姐姐这样的好人下手……"

"阿睦，你小点儿声。被人听见怎么办？"

"我身边没人。我在酒店房间里。"

"那就好……"

"多亏你给我带了钱。"

"太好了，"洋子说，"你一定要多加小心。不要让酒店的人看清你的脸。"

"我知道，这是商务酒店，应该比较安全。食物可以在便利店买。"久保崎睦冷静下来。

"你一定要小心。"

"嗯。我挂了，以后再联系。"

"好……"

洋子挂断电话，盯着手机看了一会儿。

久保崎睦没有注意到，洋子此时腿疼得直冒冷汗。

在医院休息室里，片山晴美突然喊出她的名字，她惊慌失措，夺路而逃。有个坐轮椅的男人试图堵住门口，她为了躲避那个人，右腿不小心撞在轮椅上。

当时她忙着逃命，并没有感觉到疼痛。等她离开医院稍微松了一口气时，才感到腿疼得几乎走不了路。

她勉强走到一个公园里，坐在长椅上检查伤势，发现右小腿已经肿成深紫色，用手轻轻一碰就疼得忍不住叫出声来。

她也知道腿伤不能放任不管，但是她又没法回到那个医院找医生诊治。

"就差一点点……"她悔恨不已。

女儿被杀的消息对她的确是个打击，但现在守护儿子才是最重要的。

警笛声把洋子从沉思中唤醒。这个公园离那家医院并不远，警方可能会查到这一带，还是再走远一点儿比较好……

洋子起身刚迈出一步就疼得站不稳，她想坐回长椅上却一不留神摔在了地上。啊，这个样子怎么救阿睦啊，振作起来……她一边为自己鼓劲，一边试图再次站起来，然而右腿疼得越发厉害了。

"你怎么了？"一个突如其来的声音把洋子吓了一跳。她抬起头，一个中年男人抱着纸袋站在她面前。

"不好意思，能帮我一把吗？"

"你受伤了？"男人把洋子扶起来，让她坐在长椅上。

"谢谢。已经没事了。"

"但是，你好像疼得很厉害啊。"男人蹲下身，借着路灯查看洋子的右腿，"伤势很严重，有内出血，你还在发烧。"

"我不小心撞了一下……"

"撞得不轻啊。得赶快去医院治疗。我帮你叫救护车？"

"不，用不着，"洋子焦躁地说，"我不用你管！我自己可以想办法。"

"这样啊……那你自己看着办吧，"男人站起来，"如果不及时处理，可能会截肢。"

"你什么都不懂就不要胡说八道了！"洋子反驳道，"这点儿伤不妨碍我走路。只要冷敷一下就好了。"

洋子咬住嘴唇，强忍疼痛站起来，勉强走了两三步又摔倒在地。我这是怎么了？我明明能走路的！等疼痛减弱一些就可以走了，休息休息就能恢复了……洋子这样想着，意识却渐渐飘远……

"对不起，我迟到了，"阿部君治说，"正要回来的时候突然接到客户的电话。"

"没事，"国原一口气喝干啤酒，"喂，再来一杯！你想喝什么？"

"哦，那我也来一杯啤酒吧，"阿部用湿毛巾擦着手，"爸爸，您说有事想跟我说……"

"嗯。明明每天在家都能见面，我却非要趁你下班回家的时候，把你约到站前的小酒馆聊天，你是不是觉得很奇怪？"

"但是，您这样做肯定有原因吧？"

"没错，其实今天我是想说说中田的事……"国原把前几天大家围攻中田的事讲了一遍，"我不知道郁子是怎么跟你说的，但是要我说，那个男人肯定还会做些见不得人的龌龊事。我是因为疼爱外孙女才会格外关注那个人的，要是麻美发生了什么意外，后悔都来不及。"

"嗯，我明白。"

"你明白就好，"国原压低声音，"这种事本来不该由我告诉你，但纸包不住火，小区里肯定会传出风言风语，如果你从外人嘴里听到的话，可能会更受打击。"

"到底是什么事？"阿部喝了两三口啤酒，"您直说吧。"

"嗯，是这样的，事关我自己的女儿，这种事实在不好开口啊，"国原说，"郁子和那个中田有一腿。"

阿部瞪大眼睛。

"您是说，郁子出轨？"

国原严肃地点点头。

"你每天早出晚归，不知道家里的情况。郁子每天都会在固定时间出门。本来我以为她是出门买东西，但买东西根本用不了那么长时间。而且，她都是在上午出门，因为那时麻美在幼儿园。郁子的行为怎么看都很可疑。"

"爸爸，"阿部盯着国原，"这是您的猜测？还是说，您有什么确凿的证据呢？"

"我是刑警，没有证据绝不会凭空猜测。"国原说。

"也就是说……"

"我和小区负责人进行了一次密谈，请求他允许我在中田不在家的时候进入他家搜查。"

"这……"

"我知道这种做法不对，但我现在不是刑警。"

"然后呢？"

"然后，小区管理部的理事出面，同意了我的请求。于是我去中田家搜查了，当然，我没有搜查那些不必要的地方。但是，我找到了这个，"国原从大衣口袋里拿出一条印有红色花朵的围巾，"你看着眼熟吗？"

"这是郁子的围巾。"

"没错。这是我在中田的床上找到的。当时我真是对这个女儿失望透顶。"

"这样啊……"阿部拿过围巾看了看，"我也失望透顶。"

"你应该不止失望吧？我很理解你的气愤和难过。我代替女儿向你道歉。"

"不，我不是这个意思，"阿部摇摇头，"我是对您失望透顶。"

"什么？你什么意思？"国原问。

"你为什么要做这么过分的事！"

不知何时，郁子来到国原身边。

"郁子……你为什么会在这里？"

"我接到您的电话觉得不对劲，就把我们在这里见面的事告诉了郁子。"

"我早就来了，"郁子板着脸说，"爸爸，这条围巾是你前天晚上从抽屉里找出来的，对吧？我都看见了。"

"郁子告诉我这件事的时候，我还在想，您拿她的围巾干什么？原来您把围巾带到中田先生家，再假装围巾是从那里找到的。"

"擅自进入他人房间搜查，本身就是违法的，您这是知法犯法。"

国原苦笑着说："好啊，原来你们夫妻联手欺骗我，还是说，这是我女儿策划的？"

"不，"阿部说，"是您编造了郁子出轨的谎言。难道不是您在骗我们吗？"

"住嘴，我受够你们了！"

"我才受够了呢！"郁子气得声音颤抖。

国原站起来："我知道你早就想把我从家里赶出去了，好，我走！你等三十分钟再回家，我要收拾一下行李。"

"好，我等三十分钟，看你走不走。"

国原快步离开了。

郁子精疲力尽地坐在父亲的座位上。

"你还好吧？"阿部说，"麻美呢？"

"我把她放在邻居家了。没关系，她和那家的孩子是好朋友，"郁子双手捂着脸，深深叹息，"事情为什么会变成这个样子……"

"振作点儿。"阿部轻轻握住妻子的手。

"那个人一定很恨我。"郁子用"那个人"称呼父亲。

"怎么会？他是你父亲。"

"是的，但现在对那个人来说，在小区里确立自己的地位、让他人刮目相看才是最重要的，为此他不惜牺牲中田先生。而我妨碍了他的大计，他不会原谅我。"

"但你是他的亲女儿……"

"像你这样在正常家庭长大的人是不会理解的，"郁子反握住丈夫的手，"那个人啊，总觉得别人尽心尽力为他服务都是理所应当的。我母亲就是为他服务了一辈子，而他根本不爱她……"

阿部双手握住妻子的右手。

"你父亲说要走，他会去哪里呢？"

"不知道，"郁子耸耸肩，叹息道，"不用担心，那个人才不会亏待自己。话说回来，我也想喝杯啤酒了。"

12　怀疑的结果

晴美的病房里。

"我都说没事了。"晴美说。

"不，无论如何我都要留在这里保护晴美小姐！"石津环抱着双臂，"就算把我开除，我也不会离开一步。"

"喵——"

"福尔摩斯也说'这样做是对的'。"

晴美忍俊不禁："你什么时候能听懂福尔摩斯说话了？"

"这……因为我和晴美小姐心意相通，你能听懂，我自然也就听懂了。"

这是"休息室事件"的第二天早上，晴美已经吃完早饭。

"喂，石津，"片山走进来，"你不睡觉，身体会垮掉。"

"我哪有这么容易垮掉？"

"这我知道，但是……"

"哥哥，你查到什么了？"晴美一边梳理着福尔摩斯光亮的皮毛，一边问。

"现在已经知道久保崎洋子自称有川信子，进入配餐室工作。她穿制服逃出医院,警方并没有在附近发现她的踪迹。"

"她的制服应该很显眼。"

"是啊。在置物柜里找到了她的书包和便装,但我们没有拿走。如果她回来取东西,就会被摄像头拍到。"

"她知道这里很危险,大概不会回来了。"

"但她就那样逃出医院,身上没带钱。"

"下河先生说,久保崎洋子逃跑的时候重重地撞到了他的轮椅,腿受伤了,而且可能伤得不轻。"

"这样啊……那我再去找附近的医院打听一下,看她有没有去过。"

"还有,她女儿被杀对她是个不小的打击。"

"杀死久保崎遥的凶手很有可能是和她交往的男人,我们早晚会查清楚。"片山说。

"她是被恋人杀害的?"

"看现场的样子,十有八九是这样。"

"那也太惨了,"晴美向片山伸出手,"哥。"

"怎么了?你想要什么东西?"石津刷地站起来,大声说,"有任何需要,我都愿意效劳。"

"不是,"晴美笑着说,"那位下河先生,好像一出监狱就被车撞了。"

"对。"

"哥哥，他出院后，你能不能帮他找份工作？"

"好，我知道了，"片山握着晴美的手说，"那家伙本性不坏。"

"我也这样认为。他住院以来，学到了不少人情世故。"

"是啊。对了，他还拜托我一件事，"片山说，"让我调查一个在这里住院的女孩的母亲……"

"为什么？"

"唉，我不记得了，最近发生太多事了。我会再去问问他。另外，石津，你真的想待在这里？"

"是。"

"好吧。那你值白班，我值晚班。白天就交给你了。"

"放心吧！"石津挺起胸膛。

福尔摩斯也叫了一声，仿佛在说："我也在！"

久保崎洋子好像做了一个可怕的噩梦，她辗转呻吟，喘着粗气猛然惊醒。当她睁开眼睛，已经想不起来梦的内容了。

这是哪里？洋子身上盖着毛毯。光线很昏暗，但是她好像不是在房间里……她想起身，腿部的剧痛让她皱起脸。

对了，她因为腿伤倒下了……然后呢？

"你醒了？"

她朝着声音的方向望去，是昨晚遇到的那个男人。

"这是哪里……"

"这是我的住处。是不是很冷？请稍微忍耐一下。"

"这是……帐篷吗？"

"我们戏称它为塑料大棚……简言之，是我们流浪汉的栖身之地。"

"流浪汉……"

"你的腿怎么样了？还疼吗？"

"还疼。好像好一点儿了。"如果待着不动，就感觉不到疼痛。

"这样啊，"那个男人笑了笑，"太好了。在这里，我能做的非常有限。"

洋子注意到自己的右腿上缠着厚厚一层绷带。

"这是……你弄的？"

"对。我以前曾是医生。"

"哦。"

"当然，像你这种情况，一般要送到医院治疗。但你好像有什么隐情，不能去医院。所以我只能在这里给你简单处理一下……"

洋子顿了顿，说："昨晚对你说了很过分的话，对不起。"

"没事，人在痛苦的时候，总会忍不住向身边的人发泄情绪。大家都是如此。"

"谢谢你帮我治伤。"

"这算不上治疗，"他温和地说，"但可以避免恶化。"

"这就够了……"

"不过，你还是应该去医院好好治一下。你还需要休养几天才能走动。"

"我不能再给你添麻烦了。请帮我站起来，我要走了。"

"不行，"男人说，"随便活动，伤势会加重。"

"但是……"

"总之，请你先在这里休养三天。三天后，我看看情况再作决定，"男人不慌不忙地说，"你不要担心，这里的每个人都有着不希望被别人知道的伤心过往，没有人会过问你的私事。"

洋子呼了口气，慢慢躺下了。

"那就恭敬不如从命了。"

"这就对了，请好好休息。我现在去食物供给站领一些食物，也会帮你带一份。"

"谢谢……我没有钱。"

"我也没钱，"男人笑着说，"不用担心钱的问题。好了，我走了。"

"嗯，"洋子看着走出帐篷的男人，"医生，非常感谢。"

男人回过头来，略显难为情地说："唉，好久没听到别人叫我医生了。"

把麻美送到幼儿园，阿部郁子又去超市买东西。她走出超市的时候，听到身后传来"啪嗒啪嗒"的脚步声，一个女人追上来叫住她："阿部太太……你是阿部太太吧？"

"对。"那个女人有些眼熟，她丈夫是小区管理中心的工作人员。

"其实，我想跟你说说你父亲的事。"

"我父亲怎么了？"

"昨天很晚的时候，他到我家来了。"

"啊？"

"他说，家里实在待不下去了……到底出什么事了？"

"哦……真对不起。"

"没事。我老公陪他喝酒到天亮。"

"哦……"

"这倒也没什么，但我老公白天还要上班，而且我家有孩子。孩子们看到家里有生人，挺害怕的。"

"是啊。"

"你父亲说想在我家住一段时间。但是我家地方小，住一两天还好说，如果长住的话……"

"实在对不起。"

"我老公平时承蒙国原先生关照，但我家的确有困难啊。能不能请你劝劝国原先生？让他回家吧。"

"我知道了，"郁子叹息道，"我这就把他带回去。"

"拜托你了。要是我家再大一点儿……"

"我现在和你一起去。"

"好的。"对方终于松了口气。

然而，到了她家却发现国原不见了。他好像酒醒后拿着包离开了。

"对不起。以后不会再给你添麻烦了。"郁子再次道歉。

她走出大楼，举目四望，父亲会去哪里呢？她现在没空到处找他。虽然放心不下，郁子还是朝家里走去……

今天天气不错，但太阳偶尔被云朵遮住时还是很阴冷。

"都是些混蛋！"国原发泄着心中的怨气。

他为了保护小区的孩子，成立了巡逻队，为此倾注了那么多心血，却得到这样的回报？

国原本以为，至少那些巡逻队的成员会争着邀请自己到他们家住，但没想到，他一连拜访了四家人，每家的太太都毫不掩饰地露出厌恶的表情，每家的先生也都吞吞吐吐地表示拒绝，说家里不方便什么的。

"一帮忘恩负义的东西！"

国原骂骂咧咧地来到有个大池塘的公园，在那里，他曾把片山刑警误作流氓抓起来。

现在是下午，气温很低，几乎没有孩子在那里玩耍。

国原拎着塞满衣物的手提袋坐在长椅上。

唉，虽然有些远，但过去的部下应该会收留他几天吧。那帮家伙总不至于把他拒之门外。

国原不经意地打量着四周，突然看到中田正坐在池塘边的长椅上茫然地眺望远方。他倒吸了一口凉气：那个家伙不是口口声声说要离开这里吗？这里还是有吸引他的东西吧。国原暂时把自己的事放到一边，把注意力集中在中田身上。

看到中田，国原就气不打一处来。他现在落到这般田地，归根到底都是中田的错。如果这家伙不来小区，一切都平安无事，父女关系也不会破裂。

"中田先生，你好。"

这时，一位主妇从小径上走过来，对坐在长椅上的中田打招呼。她手里还牵着一个三岁左右的小女孩儿。

"哦……你好。"

"你在这个地方干什么？"主妇拎着一只超市购物袋，好像刚买东西回来。

"我在思考事情。"中田又对小女孩说，"小爱，你好。"

"天这么冷，会感冒的。"

"今天晚上，妈妈会做咖喱。"小女孩儿说。

"这样啊，咖喱很好吃哦。"中田摸摸小女孩儿的头。

"哎呀，糟糕！"那位母亲惊呼一声，"忘了买咖喱！"

"妈妈，那怎么办？"

"我这就回去买。中田先生，你能帮我看一下孩子吗？"

"没问题。"

"那妈妈再去一趟超市。很快就回来，你在这里等着妈妈，好吗？"母亲对孩子说。

"好。"

"中田先生，那就麻烦你了。"那位母亲小跑着离开了。

"小爱，我们去看鱼好不好？"中田说。

"好！"

"那我们去桥上看吧。而且，在那里一眼就能看到妈妈回来。"中田拉着小女孩儿走上架设在池面上的那座桥。

国原藏在树丛中，悄悄地尾随其后……

"喂，你赶紧过来帮个忙！"卫生间传出丈夫的求救声。

刘屋忍吓了一跳，急忙关掉天然气，冲向卫生间。"老公，出什么事了？"然而下一秒，她就"噗嗤"一声笑了出来。正在洗脸的丈夫被小洛偷袭，睡裤和内裤都被扯下一半。

"你还笑！还不快把这条狗赶走！"

"对不起，可是真的很好笑嘛。小洛，不要这样，快过来！"然而，小洛还是缠着刘屋浩茂不放，刘屋忍只好拽着它的项圈把它带到客厅。

"真是的，"刘屋浩茂穿着衬衫来到餐厅，"你倒是赶快给它找个人家。"

"暂时找不到啊，"刘屋忍把火腿蛋盛在盘子里，端到丈夫面前，"喝咖啡吗？"

"嗯。"

"但你很招小狗喜欢，你没发现吗？"刘屋忍把咖啡倒进杯子，"我还以为你很不擅长和小动物相处呢。"

"是很不擅长啊，特别是狗，"刘屋浩茂一边吃吐司，一边说，"就没别人想养这条狗吗？"

"我也一直在到处打听。"刘屋忍在自己的咖啡里倒入大量牛奶。小洛跑过来叫了一声。

"我知道我知道,我会给你准备早餐的。稍等一会儿!"

小洛又跑到刘屋浩茂脚下,开始用前爪扒拉他。

"你和小洛很有缘分,"刘屋忍笑着说,"它是一条很认生的小狗。"

"被狗喜欢又有什么好处?"刘屋浩茂苦笑,"好了,我得走了……"

刘屋忍脸上的笑容消失了。每天早上,丈夫都这样出门去上班,但他已经辞职了。她很想问问丈夫这到底是怎么回事,然而每次看到如此卖力表演的丈夫,无论如何问不出口。

"老公。"刘屋忍叫住走到玄关的丈夫。

"嗯?怎么了?"

刘屋忍原地站了一会儿。

"你的领带有点儿歪,"她走过去调整了一下,"这样就行了。"

"谢谢,"刘屋浩茂微笑着说,"我走了……"

"路上小心。"结果,刘屋忍只说了这一句话。

仔细回想,丈夫辞职以来,有时也会像今天这样中午过后才离开家。

"因为公司开始推行弹性上班时间，根据自己的工作安排，几点上班都可以。"刈屋浩茂曾这样解释。一开始，刈屋忍毫不怀疑地相信了，然而现在她觉得这肯定是丈夫编造的谎言，他可能是出门找工作，或者在某个地方打零工，所以每天出门的时候会有所不同。

那么今天他到底要去哪里呢？刈屋忍被一种连自己都不了解的冲动驱使着，飞快收拾停当，冲出房间。

今天，她打算跟踪丈夫，一探究竟。

那家伙在说什么呢？国原躲在树丛的阴影中，焦躁地盯着远处的中田。

此时，中田和小女孩儿正在桥上。孩子的母亲还没有回来，去一趟超市多少要花些时间。

但是把孩子托付给中田这种人不是很危险吗？那家伙有可能是个变态啊。国原已经把"中田是变态"这件事当作客观事实，忘了那只是自己的主观臆断。

小女孩儿开心地笑起来，中田抱起她让她坐在桥栏上。小女孩儿面朝池塘，摇晃着两条小腿。这个姿势很危险，稍有不慎就会掉入水中。不过，中田小心翼翼地搂住了女孩儿的身体。

如果孩子掉下去，恐怕凶多吉少……国原忍不住浮想联翩。这件事一定会造成轰动。那个母亲回来，就会责怪中田没有看好孩子……然后，他就可以出来作证："是中田故意把孩子推下去的！"警方一定会相信他的话。

就算中田否认也无济于事。他有过被逮捕的前科，而国原曾是刑警，警方会相信谁的话？自然不言而喻。

国原突然想到一个主意，至于这个主意是否可行，他已经无法冷静地判断了。

必须马上动手，否则孩子的母亲就回来了……

国原从树丛中出来，朝桥的方向靠近。这个角度正好可以看到中田的斜后方，如果放轻脚步，对方应该不会察觉。

国原的想法很简单。他要把那个女孩儿推下池塘，也许她会着凉，但绝不会有生命危险。因为国原会把责任推给中田，并且自己跳下去把孩子救上来。从水里救出一个小孩还不简单？他想。

国原慢慢朝他们走近。

"妈妈还没有回来？"小女孩儿问。

"很快就回来了。"中田说。突然，他感到身后有人，他猛地转身。与此同时，国原朝孩子背后推去。小爱一下子就掉下去了，只发出微弱的落水声。

"小爱！"中田大叫。

"是你干的！"国原说，"是你把她推下去的！"

国原想，中田会怒气冲冲地攻击自己还是吓得拔腿就跑呢？但中田哪个都没有做，他只瞥了国原一眼，就跨过桥栏跳入水中。

国原目瞪口呆。他并没有跟着跳进去，水又不深，他们不会淹死的。

国原扒着栏杆往下看，并没有看到小爱和中田的身影，他们去哪儿了？

这时，水面"咕噜咕噜"地冒着气泡，中田的脸浮现出来，他抱着那个孩子。

"快把孩子拉上去！"中田大喊。他再次沉下去，但是依然拼命托举着孩子，努力不让孩子的头没入水下。不久，中田又浮上来，他一边咳嗽，一边抱住水泥桥墩。

"国原先生，"中田大叫，"救救孩子！快！"

国原终于回过神来，他可没想害死那个孩子。

"坚持住！"国原趴在桥上，把头从栏杆缝隙中探出，使劲向下伸出手。

中田使出全力把孩子举高，但这样一来就无法抱住桥墩了，他开始往下沉。

"喂！快往岸边游！"国原大吼。

中田一边喘气，一边摇头："我……不会游泳！"

不会游泳？不会游泳你跳下去干吗？

"等一等！"国原站起来，跑下桥，翻过岸边的围栏，"我马上就来！"从小就是游泳健将的国原脱掉上衣，飞身跃入池中。

原来水这么深！国原大吃一惊，他的脚都沾不到池底。他用踩水式朝中田游过去。

"抓住小爱！"中田说。

"我知道，"国原左臂紧紧抱住女孩儿，"我先把她送上岸，再回来救你。"

"快救她，别管我！"中田沙哑地喊着。

国原很快带着孩子游回岸边，这时正巧那位母亲回来了。

"小爱，你怎么了！"

"快送孩子去医院，她灌了一肚子水。"国原爬上岸边。

"好。"母亲一把抱起女儿，飞奔而去，鞋都跑掉了。

"不要耽搁！去最近的医院！"国原朝她的背影大吼，也不知道对方听见没有。

浑身湿透的国原这时才感到池水寒冷刺骨。我……到底都干了些什么！我竟然把那个孩子推到水里！

"不，我怎么会干出这种事……"他头脑一片混乱，他的目标是中田，结果却差点儿害死一个毫无瓜葛的小女孩儿。

"我……为什么要这么做……"国原愣了一会儿，猛然想起中田还在水里，他不会游泳。他转向池塘。

"我这就去救你……"然而，桥墩边已经看不见中田了。

"喂，中田！你在哪里？"国原大吼。他不会沉底了吧？

国原正打算再次下水的时候，左腿传来一阵剧痛。他支持不住，蹲在地上，恐怕是天气太冷，水又太凉，腿抽筋了。国原拼命按摩腿部肌肉，但是疼痛迟迟没有消退。他又向水面望去，中田依然不见踪影。他不会淹死了吧？喂，坚持住啊！

"出什么事了？"

一个声音传来，国原吓了一跳。他回头一看，不远处有个骑自行车的巡警正一脸诧异地看着他。

"太好了！喂，有人落水！快救人！"

听到国原的话，年纪尚轻的巡警看向池塘："有人落水？没人啊！您眼花了吧？大爷，您快回家吧，衣服都湿透了，会感冒的。"

"你胡说什么！那个人沉下去了！赶快跳进去救人！"

国原的口气好像让巡警很不高兴，他威胁道："老头儿，你对警察就用这种语气吗？你要是耍我，我可跟你没完！"

"蠢货！警察的责任是救人！你再磨蹭那个人就淹死了！"

国原的怒吼反而更加火上浇油："你说谁是蠢货！你跟我去警局走一趟！"

"你快点儿救人！算了，我不求你了。"国原强忍疼痛站起来，再次跃入池塘。他潜入水面之下，但是冬季微弱的阳光很难照亮水底，再加上池塘底部水藻丛生，几乎什么都看不见。

原来这个池塘这么深啊！他到处都找不到中田。

国原浮出水面，游回岸边，上气不接下气地朝在一旁观望的巡警大喊："情况紧急！求求你帮个忙吧！你看我的语气都这么好了！求你了！"

"我才不信……"巡警显然没有当真，他认为这只不过是一个怪老头的妄想而已。

"快点儿！落水的人叫中田，他为了救一个孩子跳进水里……孩子现在被她母亲送去医院了……"说到这里，国原感到胸部一阵刺痛，他蹲下身，觉得喘不上气来。

我这是怎么了？在这种关键时刻，我不能掉链子啊！国原再也说不出一句话，倒在地上失去了意识……

13　歪道

"爸爸！"耳畔传来呼唤声。

"干吗？不要这么大声……"国原抱怨道。

"爸爸，你醒了？"

视野渐渐明亮起来，一个模糊的影子在眼前晃动，过了好一会儿，他才终于看清那是女儿郁子的脸。

"是你呀，"国原眨眨眼，"这是什么地方？"

"这是医院。你心脏病发作昏倒了。"

"这样啊……"国原突然回过神来，"对了，那家伙呢？他们把他救上来了？"

郁子脸上阴云密布。

"就在刚才，他们找到了中田先生。"

国原立刻懂了。

"他死了？"

"是的。但是，爸爸，你当时是想救中田先生吧？"

"郁子……"

"爸爸，你救上来的小爱平安无事！她喝了几口水，但没有大碍。小爱的母亲一边哭一边感谢你，说你是她女儿的救命恩人。"

国原一时手足无措："她母亲说……感谢我？"

"她还说以后要来当面感谢爸爸。这件事让我改变了对爸爸的看法，一直以来，是我错怪你了。"

不，事实不是这样的。救了那个孩子的是中田，而中田死了。这都是我的错，然而……

"外面有个巡警想见你。"郁子说，"他说当时没有相信你的话，非常抱歉。"

是那小子？不过他的错误和我的罪过比起来又算什么？

"你告诉他不用介意……"国原说，"郁子……对不起。"

"爸爸……"

"是我错了。我自以为是正义的化身，做了许多蠢事。你也代我向你老公说声抱歉。"

"爸爸，你还好吧？"郁子握住父亲的手，眼睛湿润了，"你还是在医院多住几天，好好休息一下。"

如果郁子知道了真相会怎么看待我呢？但是现在，郁子这么温柔地握住了我的手，真希望这一刻能成为永恒，至少现在让我再多享受一点这份幸福吧！国原对女儿露出微笑。

"对不起，打扰了。"这时，一个陌生警察走进病房。

"哦，你好。"

"国原先生，年轻人不懂事，对您说了失礼的话……"

"没事，不用放在心上。"国原摇摇头。

"对了，国原先生，小区里又有女孩儿被骚扰了……"

"什么？这是什么时候的事？"

"就是刚才接到报案的。"

"太可怕了！"郁子说，"那孩子没事吧？"

"孩子没事，但她没看到那个男人的长相……"

"这样啊……孩子没事就好。"国原暂时松了口气。可我曾经让大家都相信犯人就是中田。

"郁子。"

"什么事，爸爸？"

"我要抓住他。"

"什么？"

"我一定要抓住那个坏人！"国原语气严肃，给人一种破釜沉舟的决心。郁子不禁倒吸了一口凉气……

"久等了，"片山走进接待室，"我是该案的负责人……"

"非常感谢您在百忙之中抽空见我。"一个举止沉稳、五十多岁的男人从破旧的沙发上站起来，彬彬有礼地说。

"不用客气。请坐。请问你是……"

"我叫久保崎悟。"

"久保崎先生……"正准备坐下的片山停下动作。

"是的，我是久保崎睦的父亲。"

片山"呼"了口气。

"这样啊……那你为了女儿的事来的？"

"得知阿遥被杀的消息，我觉得不能再躲避下去了。"

"原来是这样……"片山作了自我介绍，又给对方讲述了晴美受伤的事。

"阿睦竟然干出这种事！非常抱歉！"久保崎低下头。

"不，我告诉你不是为了让你道歉，"片山急忙说，"你的儿子已经二十四岁了，他的所作所为并不需要由你负责。"

"但是连我老婆也成了共犯，"久保崎神情阴郁，"洋子以前精神出过问题。"

"你太太和你儿子联系过你吗？"

"没有，他们不知道我的联系方式。"

"这样啊。"

"片山先生，你是不是见过津村茜？"

"对，她为你说了很多好话。"

"其实，我一直和阿茜同居。"

"原来是这么回事。"

"如果没发生这些事，我打算彻底忘掉妻子和孩子，隐姓埋名，重新开始。但是阿遥被害，阿睦又干出这种事……"

"久保崎遥小姐还住在以前那个小区。"

"我是看了新闻才知道的，"久保崎点点头，"警方应该找到凶手了吧？"

"没有，还在调查……"

久保崎眼含热泪："那孩子实在太可怜了。她是这个家庭最大的牺牲品。"接着，他又挺直脊背，稍微打起精神，"片山先生，我想给阿遥办个葬礼。"

"当然可以。不过，因为凶杀案必须要进行司法解剖，所以还要再等几天。"

"这个我明白。"

"请好好送她最后一程，"片山说，"但是如果你太太和你儿子也来参加葬礼……"

"我觉得他们应该会来，"久保崎点点头，"尤其是阿睦，他和姐姐的感情非常好。"

"如果他们出现，我们就不得不逮捕他们……"

"那是当然。"

"感谢你的理解。"

"无论对于洋子，还是对于阿睦，尽快逮捕他们才是对他们最好的。如果他们再这样错下去，作为亲人，我实在受不了了。"

"我知道了，"片山说，"到时候我会安排刑警埋伏在现场的。"

"洋子会去哪里呢？据你所言，她的腿受伤了。"

"我们一直在医院及其周边搜查，但并没有找到她。"

"她和阿睦一直有联系吧？"

"应该是。"

久保崎叹息道："那时公司发生了很多糟心事，我身心俱疲，只想逃避一切。但是，我错了。洋子和阿睦会变成现在这样，都是我的责任……"长期的痛苦和愧疚在他的眉宇间烙下了深深的痕迹。

"你现在和津村茜小姐住在一起吧？"

"对。没想到我这样不争气的男人也会被人发自心底地深爱着，"久保崎的表情舒展了一些，"阿茜她现在怀了我的孩子……"

"这样啊。"

"我也要努力找个正经工作才行。我要勇敢地面对过去，这样才能好好地迎接我们的未来。"说到这里，久保崎眼神熠熠发光，好像换了个人。

"感觉怎么样？"

洋子走出帐篷，那个如今是流浪汉的前任医生问。

"感觉好像重生了，"洋子摸着自己凹陷的脸颊，"医生，这都多亏了你……"

"你叫我医生，我会不好意思，"男人笑道，"我会再来看你。对了，腿还疼吗？"

"还有一些刺痛，不过已经可以正常行动了……"

在流浪汉的聚集地，洋子接受了这位前任医生的治疗，现在腿伤已基本痊愈。只是这里洗澡十分不易，让洋子觉得很别扭。

男人觉察到这一点，他把卖旧杂志和空瓶子换到的零钱交给洋子，把她带到附近的澡堂。

洋子仔细地清洗身体后，泡在热水里，感觉整个人都焕然一新。

回去的路上风很冷，但洋子毫不在意。她问："医生，你为什么对我这么好？我不年轻了。"

"医生治疗病患是天经地义的事，不会因为年龄和外貌而差别对待，"男人说，"而且你不老，你是个很棒的女人。"

"已经是老太婆了……"洋子有些害羞。

男人顿了顿，又说："你是不是要走了？"

"这个……"

"你好像原本就有计划要完成，现在你的伤已经治好了，肯定很快就要走了吧？"

"是啊，"洋子点点头，"儿子在等我，我必须守护他。"

"这样啊。希望你能早日实现愿望。"

洋子有一种不可思议的感觉。当然，她很牵挂儿子，也担心女儿被杀的事。但是，现在她对这个男人说出"我必须守护儿子"时，突然意识到这句话像是为了给自己打气、是说给自己听的。与这个男人共同生活的想法在一瞬间充斥了她的脑海，但很快消退了。不过这个想法并不令人讨厌。

"还剩下点儿钱，"男人说，"我们去一趟便利店吧，你有什么想买的？"

"我想想……啊，我想吃甜点。"洋子毫不客气地说。

"好，那你自己挑吧。"他们来到便利店，洋子买了盒装蛋糕和奶茶。

"你肯定有更需要的东西要买吧？"洋子说，"对不起，我光想着吃甜食……"

"没关系，"男人微笑道，"只买必要的东西，那不像是正常人过的日子。有时候也要买买没用的东西或者奢侈的东西，这样才好。"

男人温柔的语言让洋子几乎掉下泪来，这种情感让她感到困惑。

这时，一个从旁边经过的中年女性突然招呼道："医生！是辻本医生吧！"

男人转过头立刻否认："你认错人了。我不姓辻本。"

"医生，是我啊。我是生野护士。"

"不好意思，我只是碰巧很像你说的那个人。我得走了。"男人朝女人点头致意，然后拉着洋子快步走开了。

走出一段距离，他停下脚步，对洋子说："我姓辻本。真没想到会在这里遇见熟人。"

"她应该走了。"

"事到如今，我实在不想再回医院。"

洋子很想询问缘由，但是又忍住了。他是想忘记以前的一切，才会选择现在的生活方式吧。

"不过，终于知道你姓什么了，太好了。"洋子笑着说。

"好，我们回去享受下午茶。"

洋子和辻本向公园走去。

刚才遇见的那个护士远远地跟踪他们，拿出手机。

"啊，是太太吧？我是生野，以前在医院工作的时候承蒙您关照了……对，是的。其实，我刚刚在路上碰到了您先生……对，绝对没错……我跟踪他到公园里……医生现在好像和这里的流浪汉住在一起。"

电话另一头的人好像震惊得说不出话来。

"喂，太太？"

"我在听，"对方的语气很生硬，"我丈夫真的和流浪汉住在一起？"

"是的……我很抱歉，就是这样。"

"把地点告诉我。"

生野直美说了地址，然后又问："您有什么打算？"

"当然是把他带回来！如果放任不管，不知道又会跑到哪儿去……"

"太太，"生野停顿一拍，又说，"还有一件事我想告诉您……"

"什么事？"

"其实，医生和一个女人在一起。"

对方再次沉默，过了半晌才问："年轻女人吗？"

"不，一点儿都不年轻。他们好像住在同一个帐篷里。"

"他们住在一起？"

"当然，也许其中有什么隐情……"生野直美补充道，结果反而让对方更生气了。

"我决不允许出现这种事！无论有什么原因！"

"太太……"生野直美战战兢兢地说，"我还有事……"

"我没到之前，你在那里等着！"辻本纪子说。

"但是……"

"一步也不许离开！"

"是。"生野直美唯唯诺诺。

"啊，好久没吃到蛋糕了。偶尔奢侈一下也很不错。"辻本满脸笑容。

"看你这么开心，太好了。"洋子也不由得露出微笑。

"我还以为自己是在一间雅致的茶室享受下午茶呢。"

"这就太夸张了！"洋子大笑，"不过，医生，你以前肯定吃过更高档的法国大餐吧。你为什么要抛弃那种生活？"

辻本微笑道："嗯……原因很复杂。"

"对不起，我不应该问这种问题。"

"没事，其实没什么值得隐瞒的事，可以说都是老生常谈了。我和一家大医院院长的女儿结婚了，物质方面实在没有可挑剔的……但是院长这个人永远把利益放在第一位，完全不顾医生的使命和尊严。久而久之，我再也忍受不了……"

"这样啊……"

"当然，现在这种生活远远谈不上理想。作为医生，有很多应该去做的工作。但是以前那种生活我真的受不了，我没办法每天只想着'这种治疗能赚多少钱'……。"

"你太太理解你的想法吗？"

"不，她不可能理解，"辻本摇摇头，"肯定很生气。"

说着，辻本站起来。

"好了，我去张罗晚饭吧。"

"对不起，每天都让你忙前忙后的，这次让我来吧。"

"不行，患者就要遵医嘱，好好休息。"辻本说完，离开了帐篷。

辻本刚走出公园就听到背后传来一声呼唤。

"老公！"

辻本不用看也知道是谁在叫他。

"纪子……是生野告诉你的吧，"他转过身，"现在对我来说，这里就是我的家。我不打算回医院。你放过我吧。"

"这可不行，"纪子一脸严肃地说，"我们还有个女儿，你不会忘了吧？"

"我怎么会忘？但是，我作为医生……"话说到一半，辻本看到生野直美带着警察赶来了，"你为什么要报警？"

"如果你不老老实实地跟我回去，我就让警察把她抓走。"

"什么？"

"我都知道了，你和一个女人在那个帐篷里同居。"

"你别胡说！"

"我会告诉警察，那个女人偷了我的包。"

"纪子……"

"即使警察在她那里没找到我的包，也会认为她把包扔掉了。如果我一口咬定就是她，警察肯定会相信。"

"你太过分了！"

"太太，"生野直美回来了，"我都告诉警察了。"

"那个女人在哪里？"警察问。

"纪子，你误会了，"辻本说，"那个女人腿受伤了，生活不能自理，我只是在照顾她。"

"哎呀，你不是不当医生了吗？"纪子说。

"等一等，你说那个女人腿受伤了？"警察插话。

"对。"

"我们正在通缉一个腿受伤的女人。她可能潜伏在附近。"

"请等一下。她看起来不像是会被警方通缉的那种人。"

"老公，如果你被卷入犯罪事件，我和孩子可怎么办？孩子在学校会被霸凌的。"妻子搬出孩子，辻本无言以对。

"我们通缉的那个女人叫久保崎洋子，她和她儿子的杀人未遂案有关。"警察说。

"老公，快上车，我们回家了！"纪子说，"警察先生，那个女人就在长椅对面的帐篷里。"

"我知道了。"警察快步朝公园走去。

"走吧，老公。"纪子和生野直美各抓住辻本的一条手臂，把他押上车。

"太太，我和别人有约……"

"你在后座抓住他的手！别让他又跑了！"

"是……"

"我会好好感谢你的。"

"您不必客气……不过，要是有礼物的话，我就恭敬不如从命了。"

"出发了。"纪子发动引擎，崭新的奔驰车绝尘而去。

洋子躲在树丛里目送车子开远。她也看到刚才和辻本他们说话的警察正在搜查她住过的帐篷。他好像发现了什么，走出帐篷开始拨打手机。

是啊，这是理所当然的，辻本是医生，他怎么能一辈子住在这里？而且，他得知自己是嫌犯之后，肯定不想和自己扯上关系，就坐上奔驰车走了……洋子曾经短暂地体会过人间温情，现在她的心再次冷却了。

我的责任是守护阿睦，对，我要毫不犹豫地把这份责任落实到底。这才是我应该做的事。幸好腿伤已经基本痊愈了，我要设法再次潜入那家医院，替老天惩罚片山晴美。

洋子一边想，一边离开了公园。走了不到五分钟，就听到警车鸣着警笛朝公园方向开去。

"真不巧啊，"洋子嘟囔着，"又被我逃脱了。"

14 错过

"国原先生，醒醒。"

听到呼唤，国原睁开眼睛。

"我怎么又睡着了？真是不中用了，"他看着护士，"又要量体温？"

"不是，"护士笑着递过一个白信封，"这里有一封给您的信。"

"寄给我的？"

"对，寄到了楼下的服务台。不知道是谁寄来的。"

"肯定不是什么重要的信。"

"也许是情书呢。"

"不要笑话老人家。"国原苦笑。

护士走后，国原戴上老花镜开始读信。只读了两行，他就血涌上头，满脸涨红。电脑打出的那一行行文字就像在冷冰冰地嘲笑他。

糊里糊涂的前刑警大人，

你可真行啊！把一个无辜的男人错当成嫌疑人，忙活了半天。你不觉得丢人现眼吗？袭击小区里女孩儿的人其实是我。这封信可不是恶作剧，我会让你看到证据的。

读完信，你马上给小区负责人打电话，就会知道刚才有个女孩儿被骚扰了。你一定很不甘心，却只能躺在床上，任我为所欲为。真是太可怜了。不过，我可以好心地告诉你一件事。明天晚上，小区小学校里会有一个女孩儿被杀。

你是绝对阻止不了的。

你只能看着新闻，气得咬牙切齿。

好了，保重身体吧。

幼女之友

国原把信放回信封时，手都在颤抖。他拿起手机，正好有电话打进来。

"喂？"

"是国原先生吧。不好意思，我是派出所的警察……"

"出什么事了？"

"就在三十分钟以前，小区小学的女厕所里……"

"那个女孩儿怎么样了？"

"她当时大声喊叫，把嫌疑人吓跑了。"

国原松了口气："孩子没事就好。"

"对不起，在您养病期间打扰您。不过您之前说如果发生这种事，让我们通知您。"

"是的，没关系，"国原说，"我已经没事了，有事请务必第一时间通知我。对了，有人看到那个男人的长相吗？"

"没有，老师们赶来的时候他已经逃跑了。那女孩吓得什么都忘了……"

"可以理解。"

"我们已经设置了警戒，但小区面积很大，里面又有幼儿园和小学，全部搜查一遍需要很长时间……"

"你们已经做得很好了。总之，还是要呼吁小区居民多加防范。"

国原挂断电话。一切都和信上说的一样，但是国原并没有透露那个最重要的"杀人预告"。

"你等着……"国原低语，"让你看到戏弄我的后果！"

这时，女儿郁子走进病房，国原迅速把信塞到枕头下。

"爸爸，我给你做了便当，"郁子拿着个袋子，"医院的伙食不太合胃口吧？"

"真是麻烦你了。我没事，你不用管我了。"

"那可不行。"

郁子一心认定是父亲救了那个女孩，还打算救中田……她对国原越好，国原就越难受。

"老公让我代他向你问好，"郁子说，"身体怎么样？"

"哦……已经好多了。这把老骨头还能撑几年。"

"你就老老实实卧床休息吧。还需要其他东西吗？"

"我想想……我还需要一把枪。"

"爸，你又来了……"郁子苦笑，"玩具枪行吗？"

"我开玩笑的。"

"真是的。"

郁子给国原削了个苹果，又待了二十分钟左右就回去了。国原立刻拿出手机："那家店的电话是多少来着？"

那是一个很好记的号码，但是国原试了三次才终于拨对。

"圭子吗？我是国原。"

"啊，真是好久不见了。"圭子是一家酒吧的老板娘，国原当刑警时常光顾那家店。

"最近身体不太好。"

"哎呀，很严重吗？"

"没什么大碍。对了，圭子，以前是不是有个叫真木的男人总来店里？"

"真木啊……怎么突然说起他了？"

"我有点儿事想拜托他。你以前和真木好过吧？"

"讨厌，你知道得真清楚。"

"什么都别想瞒过我这双眼睛。"

"他分手了。那个人总惹麻烦，我怕和他一起被抓……"

"我想和他联系一下。"

"可是你找他干吗？"

"没什么大事。你不用担心，"国原在便签上记下一个手机号，"谢谢，等我好了就去店里找你喝酒。"

"好，我等着你，不许不来哦。"

挂断电话，国原吐了口气："可能真的来不了了……"

"啊，是你……"午休时间，正准备离开大楼的津村茜看到片山站在一楼大厅。

"不好意思，占用你几分钟午休时间可以吗？"片山说。

"当然可以。你是片山先生吧？找我有什么事吗？"

"我想和你聊几句。"

"那我们去别的地方。这里有理事的耳目，不方便。"

津村茜领着片山走出大楼后门，来到停车场外的一间小咖啡厅。

"公司的人一般很少来这里。"津村茜点了红茶和三明治，"一边吃饭一边聊，可以吧？我午休时间很短。"

"请便。这种时候身体最重要。"片山喝着咖啡说。

津村茜盯着对方："片山先生……"

"我从久保崎先生那里听说了。"

津村茜轻叹一声："我就知道……"

"他说想给女儿举办葬礼。但我看得出他很珍惜你。"

津村茜脸上浮现出笑容："他说起我了？"

"是的，他提到了你怀孕的事，还说不想让你太辛苦。"

"这个人啊……"

"警方认为久保崎睦很有可能会在他姐姐的葬礼上现身，因此我拜托久保崎先生在电视中出镜，宣布葬礼的事。"

"我知道了，"津村茜用力点点头，"我相信他，一点儿也不担心。"

"那就好，"片山微笑道，"其实久保崎先生想亲自告诉你这件事，但是他觉得在公司露面会惹出麻烦。"

"他说他在找工作。"

"啊，工作已经定下来了，"片山喝着咖啡，"虽然那只是一家小公司。"

"真的？"津村茜兴奋地满脸通红，"难道……是片山先生帮忙的？"

"不，我可没这么厉害。不过，我们科长认识那个公司的老板，经他牵线，久保崎先生很顺利就被录用了。"

"太感谢了。"津村茜低头致谢。

"但是，久保崎先生还没有离婚……"

"我知道。以前我想到这件事就会很不安，但是现在完全不会了。怀孕之后，内心也强大了。"

"为母则刚嘛。啊，对不起，我接个电话。"片山的手机响起来，他走出店外。

"喂喂？喂喂？"

"对不起，"传来一个消沉的声音，"我是刘屋忍……"

"哦，是你啊。有事吗？"片山问。对方沉默半晌，片山以为她挂断了电话，"喂喂？你能听见我说话吗？"

"片山先生……"刘屋忍哽咽着说，"请你见我一面好吗？拜托了。"

"啊？"

"求你帮帮我。"

"你冷静一点儿，好吗？先做个深呼吸。好了，你现在慢慢告诉我，到底怎么了？"

对方又沉默了一会儿。

"对不起。是我一时心慌意乱，没控制住情绪。"

"到底出什么事了？"

"不……已经没事了。"

"但是……"

"我已经冷静下来了。不好意思，让你担心了。"

"没关系，但是……"

"听到你的声音，我就安心了，"刘屋忍的声音多少恢复了往日的欢快，"你再来小区的话，要来我家作客哦。"

"但是，你真的没事了吗？"

"没事了。我会和我老公开诚布公地谈一谈。"

"关于他辞职的事吗？"

"对，我一直都没有正面问过他，总觉得很难开口。"

"我理解。"

"但是，不能一直这样拖着不管了。好了，我要挂了，再联系。"

"喂……"

电话切断了。片山一头雾水，但他从刘屋忍的语气中感到了她的焦虑不安。然而，他现在没时间去小区找她。

"明天去好了。"片山自言自语着收起手机，返回店里。

晴美小睡醒来，睁开眼睛，眼前出现朦胧的光亮。

"你醒了？"

她听到石津的声音。

"石津先生？"

"福尔摩斯也在这里，"石津说，"真可爱啊！"

"嗯？"

"福尔摩斯变成白衣天使了。"

戴着白帽、穿着白上衣的福尔摩斯轻快地跳上床。

"护士服很适合它呢，"石津说，"其实是因为担心医院里可能有对猫毛过敏的病人，于是护士就用床单给福尔摩斯做了身制服。"

"福尔摩斯……"晴美抚摸着猫咪的脑袋，"你穿着白色吗？好像是哦，我看到白乎乎的一片。"

石津瞪大眼睛："晴美小姐！你能看见了！"

"只能模模糊糊地看到一些……我能看到在动的福尔摩斯，也能看到它身上的白色。石津先生，我也能看到你，虽然只是一个黑影……啊，我能看到光了！我能感觉到天亮了！"

"晴美小姐，太好了！"石津一屁股坐在床边，激动得大哭起来。

"喂，石津先生，不用现在就哭成这样嘛，"晴美慌了，"我还需要一段时间才能真正看清楚呢。"

"不，没关系！现在就已经很好了……"石津擦擦眼泪，又忍不住哭了起来。

"出什么事了！"移动轮椅进入病房的下河一眼看到痛哭流涕的石津，脸刷地惨白了，"难道晴美她……我还以为她死了！"

"下河先生。"晴美笑着挥挥手。

"吓死我了！"下河苦笑，"这是什么打扮？太逗了！"他看到身穿制服的福尔摩斯，哈哈大笑起来。

"喵——"福尔摩斯对下河怒目而视。

"它生气了，让你不要笑。"

"看出来了。"

下河注意到晴美的目光转向自己，然后他又看看泪痕未干的石津。

"你的眼睛好了？他是因为这个而哭？"

"我能模模糊糊看到东西了。"晴美说。

"啊，片山先生打电话来了。"石津拿起手机，抽抽搭搭地走出病房。

下河摇摇头："你哥也好，你的男朋友也好，都是奇怪的刑警。"

"是啊。"

"他们竟然放心让你和我这个有前科的人单独待在一起。如果我是你哥哥，绝不会让我这种人靠近你一步，"下河说，"不过，你的视力开始恢复了，真是太好了。"

"是啊，其实我也很不安。虽然医生说了过一段时间就会复明，但是万一——直好不了可怎么办呢？"晴美用指尖轻抚福尔摩斯的脑袋，"你戴帽子是什么样？我真想早点儿看到。"

福尔摩斯朝下河扭过头。

"我看……我的任务差不多完成了。"

"什么？"

"我是说，我已经五十五岁了，长得也不帅。在你眼睛完全恢复之前，我还是从你眼前消失比较好。"

"怎么能这么说呢！你明明帮了我很多忙。"

"所以，我希望你只记住我好的那一面，毕竟……"

"你现在这样就很好。而且你暂时不能出院，在医院里，我们总会见到的。"

"也是……好吧，那我先走了。"

"待会儿我会去休息室。"

"好，我们在那里见。"

下河操纵轮椅离开病房的时候，石津回来了。

"片山先生说他要去准备久保崎遥的守灵仪式了。"

"石津先生，你不去没关系吗？我一个人没事的。"

"不，我必须陪在晴美小姐身边。"石津斩钉截铁地说。

15 交叉

"我走了，"郁子站起来，"我去买东西，然后回家。"

"好，我知道了，"国原微微抬起手示意了一下，"代我向你老公问好。"

"周日我们会带着麻美一起来看你。"

"不用麻烦了。"

"爸爸才是最爱自找麻烦的那个。"郁子打趣道。

女儿走后，国原躺在床上盯着天花板看了一会儿，然后起床拉开床帘，从柜子里取出外出服。

"啊，对了……"走到车站的郁子突然想起一件事，她忘了给父亲看麻美在幼儿园运动会上的照片。要不，这次算了……但是父亲看到外孙女的照片一定会很开心吧，反正还有时间。把照片留给父亲就好，一共花不了十分钟……郁子犹豫了一会儿，又朝医院走去。

她快步走进父亲病房，气息有些不匀，"爸爸，我忘了给你看……"然而，病床是空的，父亲去卫生间了吗？

床单底下露出一个像睡衣袖子似的东西，郁子走近察看，果然是父亲的睡衣。她又打开柜子，衣服不见了！父亲这是去哪里了？

这时，郁子注意到柜子里放着一张折叠好的便签，她打开一看，上面只有潦草的几行字。

"郁子，我要亲自和骚扰小女孩的嫌疑人决一胜负，这也许是我最后的工作。对方不好对付。父字"

郁子脸色苍白，她想到父亲也许还未走远，于是飞奔出病房，跑到医院门口。平时那里总是停着好几辆出租车，但是今天只有一辆。

父亲一定是打车回小区了。

"与嫌疑人决一胜负……"这到底是什么意思？百思不得其解的郁子坐上唯一的那辆出租车，也准备回小区。

她坐在车上，拿出手机，拨打了片山的电话，"喂，片山先生？我是阿部郁子。"

"哦，你好。国原先生现在怎么样了？"片山问。

郁子把父亲留下字条后消失的事告诉了对方。

"我知道了。他是去小区了吧？"

"恐怕是的，片山先生……"

"我这就去小区！"

"非常感谢！"郁子低下头。

爸爸，你千万不要乱来啊！郁子在心中默默祈祷。

天黑得很早。

国原乘坐的出租车驶入小区。

"一直向前开，"国原指挥司机，"停在下一个信号灯那里就可以了。"

国原下车，竖起大衣的领子，两手插进兜里，走上平缓的坡道。这条坡道的尽头就是小学校的后门。

这个时间，学生应该都回家了……但是嫌疑人给他送来了杀人预告。直觉告诉国原，嫌疑人是认真的，只是为了向他发出挑战。由此可见这个嫌疑人自信心爆棚，表现欲极强。

小学校园一片黑暗，只有几扇窗户透出灯光。其实从后门并不能进入学校，但是国原参加过小区巡逻队，他知道这里的围墙与铁丝网的交会处有个可容一人通过的缺口。国原从这个地方进入朝里面走去，远处有下班的老师向他打招呼。

国原绕到体育馆外侧，在通往校园的路边埋伏下来。他从大衣内侧的口袋里掏出一把沉甸甸的手枪。手枪型号古老，但是够用。

这把枪得来不易，国原一再向真木保证不会惹麻烦才把枪借到手。枪里原本有五发子弹。五发就够了，国原想。

"真冷……"他揣着手嘟囔道，"心脏啊，你要挺住，千万不能在关键时刻罢工……至少要坚持到我制伏嫌疑人，之后就随便你吧。"

国原打算在事成之后把事情始末一五一十地告诉郁子，他认为如果不这样做就太对不起中田了。这样做虽然不能让中田复活，但是至少可以恢复他的名誉。

"郁子……"国原喃喃自语，"我知道会让你难过，对不起……"

"我们大致搜查了一圈，"巡警说，"没见到国原先生。"

"谢谢，"片山点点头，"总之，你和小区巡逻队的人联系一下，请他们也帮忙找一找。"

"好。不过，可能一时找不到足够的人手。"

"我父亲有巡逻队的名单，就放在家里。"郁子说。

"太好了，赶紧拿来吧。"

"好，我这就去拿。"郁子飞奔出派出所。

"国原先生也是，自己身体不好，还要逞能。"一名年轻的巡警说。

"他一定是觉得自己有责任把嫌疑人缉拿归案。"

当然，国原如今已经不是刑警了，他以个人名义与"嫌疑人一决胜负"是违法的。

　　"他为什么非要选在今天呢？"片山问自己。今天晚上，国原抱着与嫌疑人决一死战的信念溜出医院，他肯定是掌握了某些证据。那么，究竟是什么证据呢？

　　这时，片山的手机响了。

　　"喂喂？"

　　"片山先生，我是刘屋忍。"

　　"哦，我刚才还在想你怎么样了。"

　　"对不起，你现在在小区吗？"

　　"对，我有点儿事……"

　　"能不能麻烦你来我家一趟，我有话跟你说。"

　　"现在吗？"

　　"对，就是现在。"刘屋忍的语气似乎有些异样。

　　片山犹豫片刻，说："好吧，我现在就过去。"

　　"谢谢。我等着你。"

　　片山对巡警说："等阿部女士拿来名单，你们给那上面的每个人打电话。"然后，他离开派出所，朝刘屋忍家走去。

　　片山按下门铃，门铃还没结束，房门就打开了。

　　"片山先生，对不起，让你跑一趟。"

"没关系。你没事吧？"在客厅明亮的灯光下，片山看到刘屋忍的样子，心里一阵不安，"到底怎么了？"

"我的脸色这么难看吗？"刘屋忍微笑道。

"我觉得……你好像憔悴了很多。"

"是啊……我想也是，"刘屋忍刚想在沙发上落座，又突然站起身来，"片山先生，你来一下。"

"啊？"

"拜托了，到这边来一下。"

不容片山多说，刘屋忍就走进里面的卧室，片山也只好跟她进去。刘屋忍回过头，"我老公出门了，今晚不回来。"

"你在干什么？"片山看到刘屋忍开始脱衣服，顿时惊慌失措，"喂，不要这样！"

刘屋忍没有回应，只是继续手上的动作，终于，她一丝不挂地站在灯光下。

"你想干什么！"

"片山先生，抱抱我。"

"不行！你吃错药了？"片山捡起地上的衣服递给对方，"别闹了，快穿上。"

刘屋忍扑到片山身上，片山踉跄了一下。刘屋忍凑过嘴唇，试图吻他。

"喂，你冷静一点儿！"片山拼命推拒。

"你抱抱我，抱抱我，抱抱我……"刘屋忍反反复复地恳求。当片山终于抱紧她时，她"哇"的一声大哭起来。

片山稍微松了口气。

"好了好了，没事了……跟我说说，到底是怎么了？"

片山坐在地毯上，刘屋忍把头埋在他胸前泣不成声。经验告诉片山，这种时候只能先让对方哭个够。

良久之后，刘屋忍停止哭泣，她与片山拉开少许距离。

"对不起……"

"没关系。你现在心里舒服一点儿了？"

"没有……"刘屋忍摇摇头，"我老公……已经很久没有抱我了。"

"这……这样啊。"

"但是，我并不是因为这个才哭。"刘屋忍擦擦眼泪，把散乱的衣服捡起来。

"我去外面等你。"片山一个人来到客厅。

那条叫小洛的狗正趴在沙发上睡觉，看到片山就一脸嫌弃地跑走了。

"我是不是打扰你了？"片山看着狗的背影说。

"那条狗竟然和我老公很亲。"刘屋忍从里屋说。

"这样啊。你先生很喜欢狗吗？"

"他不喜欢……"

片山突然想起来，这条狗原本是久保崎遥养的。刘屋忍的先生虽然不喜欢狗，但是这条狗喜欢亲近他。难道是因为这条狗和他早就熟悉？

"对不起，让你久等了。"穿好衣服的刘屋忍走进客厅。

"你……发现了吧？你先生是久保崎遥的情人。"

刘屋忍安静地坐在沙发上。

"是啊。而且他杀了阿遥。"

"久保崎遥不一定是他杀的……"

"不，就是他杀的。"

"但是……"

"我跟踪了他，"刘屋忍说，"他根本没有去找工作。"

"那他每天出门干什么去了？"

"对啊，我也想知道。一开始，我不明白他为什么要去那种地方，但我跟踪了几次之后才明白……"

"那种地方是什么地方？"

刘屋忍直视着片山："他每天都去小学校附近，看那里的孩子。"

"什么？"

"小学校外面有个地方能透过铁丝网看到校园里面。我老公就站在那里，直勾勾地盯着校园里跑来跑去的孩子，"刘屋忍垂下视线，"他去了一次又一次，目的很明确，就是去看孩子。我想他一定每天都在干这件事。"

"你是说……"

"那个人只对小女孩感兴趣。"

"所以……"

"所以在小区女厕所里偷窥的人就是他。"

"他每天离开家，也许就潜伏在小区某处等待时机，"片山说，"你……和他当面对质过？"

"没有。当我意识到小洛认识他时，曾想过直接质问他。他和阿遥的情人关系肯定也只是个幌子……"

"你是说，他们并不是真正的情人关系？"

"我想，阿遥也觉得很奇怪吧，这个人每天来她家，但又不和她亲热……"

"然后，她注意到事有蹊跷。"

"肯定是这样的。我老公被她责骂，情急之下起了杀意。"

"你先生今天在哪里？"片山心痛地看着刘屋忍。

"他发短信说今晚不回来了。"

"不回来了？"

"我觉得要出大事，好害怕！"刘屋忍握住片山的手。

国原留下一句"要和嫌疑人决一胜负"后溜出医院，刘屋忍的先生说"今晚不回家"，这是巧合吗？

"片山先生……"

"听我说……"片山把国原的事告诉了刘屋忍。

"如果嫌疑人是我老公……"

"那么他今晚也许会去小学校。"

"但是晚上没有孩子在学校啊。"

"是的。国原先生显然事先得到了对方的消息，"片山轻轻握住刘屋忍的手，"你放心吧，我现在马上就去小学校。"

"我也去！"刘屋忍握紧片山的手，"你不同意我也去！"

"那我们一起。"

两个人离开房间，急匆匆地朝小学赶去。

"片山先生。"

"嗯？"

"也许都是我的错。"

"什么是你的错？"

"关于我老公喜欢小女孩这件事，如果我能及时发现，和他聊聊，也许就能悬崖勒马……"

"不，这不是你的错……"片山心里很难受，"你不要自责。你先生有心理疾病，单凭你的力量是无法治好他的。"

"谢谢。"刈屋忍勉强挤出一丝微笑。

路上，他们一直没再说话。

来到小学校正门，他们发现大门是上锁的。

"我们要进去吗？"

"为了保险起见，还是进去看看吧。"

片山拿起大门旁边的对讲器，与看门的保安联系。一脸疑惑的保安很快就把门打开了："我觉得学校里应该没人。"

"总之，我们想进去看看。"

"好吧。你们需要我帮忙吗？"

"不用了。你就待在大门这里，监视是否有人试图潜入学校。"片山说完，就和刈屋忍走入校园。

国原侧耳倾听，好像有脚步声？或许只是自己神经过敏。精神高度紧张的时候，有时候会出现幻听。

他把手伸入大衣内袋，再次确认手枪的位置。然后，他悚然一惊，是脚步声！这次绝对没有听错！

黑暗中看不到人影，但是国原听到"哒哒哒"的脚步声由远及近，好像有人小跑着朝他这边靠近。他想拔枪，但又担心打伤不相干的人。

那个人果然是朝体育馆来的。进入校园可能会有麻烦，在那里很容易被巡逻的保安发现。如果嫌疑人要下手，就会选在体育馆。看来国原的猜想是正确的。

脚步声缓慢下来，有时还会突然停住，对方似乎在小心翼翼地观察周边情况。

国原伏下身体，屏住呼吸。体育馆入口有灯光，如果有人进来，应该可以发现。

脚步声再次响起，然后，一个男人现身了，一身黑衣，戴着大口罩和毛线帽，看不清模样。但他怀里好像抱着什么沉重的东西。借助昏暗的灯光，可以勉强看出那是一个很大的黑色塑料袋。他一定是把不知从哪里抓来的女孩装到里面了。

那男人尽量不发出声响，慢慢打开体育馆大门，然后迅速溜进去。

国原站起来，悄悄朝大门靠近，他的手心被汗水浸湿了。大门开着一条缝，他躲在门口朝里面窥视，一片漆黑的体育馆里，只有一个角落浮现出微弱的光亮。国原看到那里躺着一个身穿红裙的女孩，那个男人正伏在她身上。

国原举枪瞄准目标，大喝一声："喂！你干什么！"

男人直起身体。

"转过身来！"

男人慢慢转身。

"刈屋先生！是你！"国原倒吸一口凉气，"离开那个女孩！"

"你不会开枪的。"刈屋说。

"什么？"

"如果你开枪打死我，那么你也犯了杀人罪。所以你还要开枪吗？"

"我会开枪！"国原脸上沁出汗水。他以前当刑警的时候没有开过枪。

刈屋笑了："老家伙，你早就不中用了！你这废物！"

"混蛋！"国原把手指放在扳机上。

这时他身后传来一声大吼："国原先生，住手！"

"是片山先生？"

"快住手！请把枪放下！"

"不行！这是我的工作！"他扣下扳机。

"老公！"刈屋忍朝丈夫飞奔过去。

与此同时，枪声在体育馆里响起。

不知是谁打开了体育馆的大灯。国原呆呆地站在原地。

"阿忍！"刈屋浩茂大叫。

刘屋忍面向他，站在他和国原之间。

"怎么会这样……"国原喃喃自语。

刘屋忍的后背上，一片血迹慢慢洇开。

"老公……你没受伤吧？"她踉跄着向前走了两三步，倒在地上。

"阿忍！"刘屋冲过去抱起妻子，"为什么这么傻？"

片山跑到国原身边，把枪从他手里夺过来。保安在门口朝里面张望。

"发生什么事了？"

"快叫救护车！"片山大喊，"快！"

"知道了！"

"那个……是什么东西？"国原声音沙哑。走近看时，他才发现躺在地板上的只是一个套着红裙的圆柱型抱枕，并不是小女孩。

"国原先生，你收到了小学校会发生重大案件的预告，对吧？"片山说，"那是刘屋先生故意把你引到这里，让你杀死他。"

"他为什么要这样做……"国原跌坐在地，汗如雨下。

"阿忍！阿忍！你睁开眼睛看看我啊！"刘屋摇晃着妻子的身体。

片山走过去，跪在地上，伸手去摸刘屋忍的脉搏，"子弹击中了心脏。她死了。"

"阿忍！你为什么要救我这种烂人！"刘屋抱紧妻子的身体呜咽，"是我自己想死！我死了，你就自由了！"

"刘屋先生……"

"片山先生，阿忍喜欢你。我死了，她就可以和你……"

"胡说八道！"片山怒从心起，抽了刘屋一记耳光，"她会舍命保护一个她不爱的人吗？"

"片山先生……"

"她自始至终爱的都是你！你怎么不明白！"

刘屋的眼中涌出泪水，他紧紧抱住妻子，放声大哭起来。

"国原先生……"片山站起身，转头和国原搭话，但不知何时，国原不见了。

很晚了，休息室里终于安静下来。很快就到规定的休息时间了，但下河还坐在那里看电视。

"都是无聊的节目！"他忍不住抱怨。

白天，这里的电视被大婶们占据着，他根本没机会选择想看的频道。然而，到了晚上，当他可以随便挑选频道的时候，又没有想看的节目了。

电视里，一个艺人正在高声谈笑。

"烦死了！"下河用遥控器关掉电视。

声音突然消失后，休息室显得特别空旷。

真是受够了……下河刚住院的时候觉得医院的生活非常幸福，比监狱里优越百倍。然而，由俭入奢易，他对这种生活很快就习以为常了。现在，他每天都无聊得发疯，恨不得赶紧治愈出院。

不，只要那个姑娘还在，待在医院也挺好的。我难道爱上片山晴美了？"一把年纪了，丢不丢人啊！"他暗骂自己。

他已经五十五岁了，对一个足以当他女儿的姑娘动心，实在说不过去。

但无论如何，他的单相思都要结束了。等晴美的眼睛完全复明，肯定不会再正眼看他。

下河不经意间望向门口，那个穿睡衣的女孩正站在那里看着他。

"你好……你是叫亚由？"

"嗯。"

"现在还不上床睡觉，会被护士骂的。"

"没事。我爸爸正在和医生谈话。"

"这样啊。"

亚由走进来。

"你刚才在看电视吗？"

"我刚关上。你要看吗？"

"嗯。"

下河打开电视，正在播放一首老掉牙的歌曲。

"这个很无聊吧。你自己选择喜欢的节目吧。"下河把遥控器递给亚由。

但亚由并没有转换频道，而是专心地听着那首歌。

突然，下河想起来了，这首歌的旋律好像有些耳熟。这时，亚由和电视里的歌手一起唱起来，她不是单纯地跟着歌手在唱，而是本身就很熟悉这首歌。

"亚由，你也会唱这首歌？"下河问。

"因为妈妈经常唱。"

"这样啊。"下河果然没记错。

"叔叔，你也听过这首歌吗？"

"这首歌？哦，听过。"

这时，松尾布子走进来。

"亚由，你在这里啊。不要打扰别人看电视。"

"没有，她正在教我唱这首歌呢。对吧？"

"妈妈，你以前不是总唱这首歌吗？"

"是吗？我都忘了，"布子拉着亚由的手说，"我们走吧，你爸爸在等你呢。"

"你应该记得这首歌吧。"下河说。

"嗯……被你一说，好像真是蛮耳熟的。"

"以前有个男人一喝醉就会唱这首歌……你记得他吗？"

"是吗？不过，我好像不记得了。"

"那就算了。好了，赶快带亚由回去睡觉吧。"

"我们先告辞了，"布子点点头，"亚由，我们走吧。"

一个西装革履的男人走进来。

"亚由，你在这里啊。我找了半天。"

"老公，我先带孩子回病房了。"

"好。我也马上就回去。"男人说。

亚由朝下河挥挥手，下河也朝她晃了晃手。又要一个人待着了，他想。但是没想到，那个男人又回来了，他走到下河面前，说："冒昧打扰一下……"

"有什么事？"

"是这样，刚才我在门外听到你和亚由、布子的谈话，"男人说，"我是布子的丈夫。"

"这样啊。"

"听了你们的对话，我觉得你好像很了解布子的过去。"

"不，没有这回事，"下河说，"我只是以前认识这样一个女人……"

"所以，你认识布子？"

"不，如果我们认识，你太太应该能认出我。"

"其实……"男人说，"布子不记得她以前的名字了。"

"你是说……"

"她失忆了。有一天，她独自在马路上走，我当时正好开车经过那里，觉得太危险，就把她带回家了。"

"原来如此。她一直没有恢复记忆？"

"没有。我让她住在我家，不久，我就发现她其实已经怀孕了。"

"就是那个孩子吗？"

"就是亚由。她那种情况，我不能任她出去自生自灭，于是一直照顾到她生产。然后……亚由一岁的时候，我和她结婚了……"

"你太伟大了。"

"谈不上，"松尾苦笑，"不过现在我们一家三口生活得很不错。"

"亚由身体没什么大碍，真是太好了。"

"谢谢，"松尾说，"那我告辞了。再见。"

"好好过日子……"下河说。

休息室里终于只剩下下河一个人了，他坐在轮椅上，面朝电视，独自发呆。

突然，门口传来人声："总算找到你了。"

"哦，你不是上次那个……"下河转头看到一个微微跛足的女人向他走来。

"我会受伤，都是你的错。"久保崎洋子说。

"是你自己撞到轮椅的。"

"随便你怎么说吧。但是，现在你要老老实实地按照我的吩咐去做。"洋子掏出一把刀。

"你还没有放弃？"

"我永远都不会放弃，"洋子朝下河逼近，"不想死的话，就乖乖听话。"

"你到底要干什么？"

"片山晴美很信任你。待会儿我和你一起进入她的病房，你和她打声招呼，帮我打掩护。"

下河心里盘算着自己是不是有机会夺下对方手中的武器，然而，就在这时……

"叔叔，你还没走？"穿睡衣的亚由出现在休息室门口。

"不要过来！"下河大吼一声，"快逃！"

趁亚由一时来不及反应，洋子迅速窜过去一把抱住她，把刀架在她的脖子上。

"你不听话，我就杀了这孩子！"

福尔摩斯猛地直起身体，惊醒了正要进入梦乡的晴美。

"福尔摩斯，怎么了？"她抚摸着福尔摩斯的皮毛。

病房门被打开了。

"是谁？"晴美现在还是只能看到模模糊糊的人影。

"我是下河。你已经睡了？"

"是你啊，没关系，进来吧。"

"那我就不客气了。你还开着灯啊？"下河似乎在开玩笑，"反正你看不见，开灯也是白开。"

"因为……"晴美话说到一半，福尔摩斯伸出前爪在她手背上轻轻挠了一下。对啊，晴美心想，下河应该知道我能看到一点儿了，他为什么要这么说？

"就算看不见，也想待在亮堂的地方。对了，你找我有什么事？"

"我有点儿事想和你商量一下。"

"和我？"

"对。我们去那个休息室说吧。"

"好啊。现在那里还能进吗？"

"能进。你自己能起床吧？"

"没问题，我早就习惯了。我能扶着你的轮椅走过去。"

"好。"下河调转轮椅的方向，离开病房。晴美扶着轮椅靠背，也跟着走出去。

"你哥哥最近怎么样？"

"我哥哥？他一直在小区那边查案，具体我也不清楚。刚才石津先生接到我哥哥打来的紧急电话，去一楼了。是不是快到休息室了？"

"你真行！感觉越来越敏锐了。"

"说不定再过不久，我就能练成听声辨物的绝技了。"晴美笑着说。

来到休息室门口，下河向里面张望。

"怎么了？"

"没事，我们进去吧。"下河移动轮椅进入大门。

潜伏在入口处的洋子站起身，举刀刺向晴美的后背。说时迟那时快，蹲在轮椅靠背上的福尔摩斯飞身蹿起，以晴美的肩膀为跳板，扑向洋子。

"啊！"洋子惊慌失措，侧身躲避。

"快跑！"下河大喊。

晴美跑到走廊上，石津正好赶来了。

"晴美小姐！"

"石津先生！久保崎洋子在里面！"

休息室里，坐在轮椅上的下河正死死地抓住洋子的手腕，试图阻止她逃跑。

"不许动！"石津从后面把洋子按在地上戴上手铐。

"太好了！晴美小姐没事吧？"

"我没事。"

"这个女人的胆子真不小啊！"

"快去找那个女孩在哪里！"下河说，"她用那个女孩当人质，逼我把你带到这里。"

"石津先生，你看看沙发后面。"

石津过去一看。

"在这里！"他把女孩抱出来。

"她没事吧？"

"昏过去了……不过应该没有大碍。我这就叫医生来，"然后，石津扯开嗓门大吼一声，"快来人啊！"

立刻有两三个医生和护士赶来了。

"那孩子真的没事吧？"下河再次确认了一次。

"别担心，我们这就给她检查。"医生抱着亚由离开了。

晴美走到趴在地上的洋子身边："洋子女士，我们必须依法制裁你的儿子。"

洋子抬头看向晴美："你的眼睛……能看到了？"

"恢复了七成。刚才被你一吓，剩下的三成也恢复了。"

"这样啊……"

石津捡起刀子。

"怎么有血？晴美小姐，你受伤了？"

"我？没有啊，我好好的。"

"那刀上的血是从哪儿来的？"

"那个孩子也没受伤……啊，是下河先生！"

"我没事，"下河说，"没别的事，我就先走了……"

"啊，你的肩膀在流血！快来人啊！"石津冲到走廊上，再一次大吼。

尾 声

久保崎遥的葬礼当天。

"哥哥。"片山回过头，看到晴美从车上下来。

"你怎么来了？"

"我的视力已经基本恢复正常了。"晴美说。

"真的吗？太好了！"片山搂住晴美的肩膀。

"整件事太让人难过了。"晴美说。

"唉，是啊，谁会想到是这样的结果……"

"但这也是无可奈何。说起来，久保崎遥小姐太可怜了。"

"可不是嘛。"

"杀死她的人是刘屋浩茂？"

"对。他一直在为此事自责。"

误杀刘屋忍的国原修吉跳河自杀了，第二天，有人在小区公园的池塘里发现了他的尸体。

久保崎悟从灵堂走出来，向片山和晴美道谢。

"久保崎睦没来吗？"晴美问。

"没找到他。我本来以为他今天会来。"

"他母亲被逮捕了，所以他可能……"

这时，棺材运出来了，需要有人帮忙抬棺。久保崎悟眼含热泪，走到棺材旁边。

"哥哥，你看……"晴美说。

一个身穿黑色西装的男人大步走向棺材。

"是久保崎睦！"

"片山先生！"

片山拉住跃跃欲试的石津。

"等仪式结束再说。"

尸体要送去火化，棺材被抬到一个钢制推车上拉走了。

"阿睦，你总算来了……"久保崎悟握着儿子的手。

"嗯……"久保崎睦点点头，"如果我再执迷不悟、自暴自弃，姐姐在九泉之下也不会安息。"

"是啊。"

久保崎睦转向晴美，深深鞠躬："对不起。一切都是我的错，结果还连累了母亲。"

"你能改过自新，就是对父母最大的孝顺了。"

"我知道了……"

片山和石津抓住久保崎睦的手臂，准备把他带向警车。

"让你们费心了。"久保崎悟对片山说。

"没什么。事情能够平静地解决，真是太好了。"

"是啊，"久保崎悟犹豫片刻，又说，"昨晚我和阿茜谈过了。我没法在这种时候抛弃洋子。等她赎罪出狱之后，我再和她离婚，然后和阿茜结婚。"

"津村茜女士也是个伟大的女人啊。祝你们幸福。"

"谢谢。"久保崎悟行了一礼，然后朝火葬场走去。

"话说回来，眼睛看不见也是一种特别的人生经历，这些天，我有了很多感悟。"晴美走出殡仪馆说。

"下河的伤怎么样了？"

"据说骨折加肩伤，还要再住院三个月。他一直在抱怨无聊透了。"

"他这个人本性并不坏。"

"是啊，他只是一时迷失了方向。很多人都是这样。"

"片山先生！"石津追上来，"我们把福尔摩斯落了。"

"啊，糟糕！"

"可怜的小猫咪！"晴美一把抱起跑过来的福尔摩斯安抚着，若有所思，"也许，有时短暂地迷失方向，会重新发现那些最重要的东西。"

"喵——"福尔摩斯好像在说：不要胡思乱想了，我就是最重要的。